친구
먹고
가세

_____ 님께

행복한 성공을 위해 우리
함께 동행하고 싶습니다.

_____ 드림

친구
먹고
가세

초판 1쇄 발행 2022년 12월 1일

지 은 이 이태선
발 행 인 권선복
편   집 조정아
디 자 인 김소영
전 자 책 서보미
마 케 팅 권보송
발 행 처 도서출판 행복에너지
출판등록 제315-2011-000035호
주   소 (157-010) 서울특별시 강서구 화곡로 232
전   화 0505-613-6133
팩   스 0303-0799-1560
홈페이지 www.happybook.or.kr
이 메 일 ksbdata@daum.net

값 20,000원

ISBN 979-11-92486-42-0   (03810)

도서출판 행복에너지는 독자 여러분의 아이디어와 원고 투고를 기다립니다. 책으로 만들기를
원하는 콘텐츠가 있으신 분은 이메일이나 홈페이지를 통해 간단한 기획서와 기획의도, 연락처
등을 보내주십시오. 행복에너지의 문은 언제나 활짝 열려 있습니다.

6박7일 633km
아들과의 이별을 위한
자전거 국토 종주 동행 이야기

친구
먹고
가세

이태선 지음 / **지훈** 동행

도서
출판 행복에너지

인생은 자전거를 타는 것과 같다
균형을 잡으려면 움직여야 한다

(Life is like riding a bicycle. To keep your balance you must keep moving.)

– 알버트 아인슈타인 –

　　많은 부모들에겐 자녀들한테 자전거 타기를 가르쳤던 경험들이 한 번쯤 있을 것이다. 엄밀히 말해 자전거 타는 법만을 가르쳐 준 것이 아닐지 모른다.

　　자연스러운 성장 과정에서 한 발 한 발 내디뎠던 걸음마와는 달리 자전거 타기는 좀 더 공력을 들여 가르쳐야 하는 기술이다.

　　아이들은 불안함을 딛고 안장을 잡아주며 응원하는 부모를 신뢰하고 점점 자전거 타기에 익숙해진다. 하지만 부모가 영원히 뒤에서 잡아줄 순 없는 노릇.

웬만큼 중심을 잡고 페달을 밟게 되면 부모는 어느 순간 손을 떼야 한다.

자식들은 한동안은 넘어지고 그래서 손바닥과 무릎을 다치기도 한다. 그럼에도 불구하고 실수를 반복하고 또 반복해서 마침내 자전거 타기에 익숙해져야 한다. 마치 인생처럼…. 어쩌면 부모들은 자전거 타기를 가르치면서 은연중 인생 그 자체를 가르쳤던 것은 아닐까?

부모로부터 독립해 홀로서기를 해야 하는 시점을 맞이한 자녀들에게 부모는 더 이상 능동적인 해결사나 적극적인 코치로 자리해서는 안 된다. 그저 지혜로운 조력자나 멘토로 머물러야 한다.

내가 만 28세가 된 아들 지훈이와 국토 종주 자전거 여행을 기획한 지는 제법 오래됐다. '요새 젊은이들이 나이 든 아버지가 그런 여행을 제안하면 얼마나 호응할까?' 싶은데, 기특하게도 지훈이는 선뜻 이 여행계획에 동의해줬다. 오히려 적극적으로 코스를 짜고 일정을 알아보기도 해 나를 기쁘게 만들었다.

학창 시절을 거쳐 군 생활을 마치고 마침내 대학 졸업과 인턴 사원으로서 사회에 첫발을 뗀 1막을 종료하고 2막을 시작하는 지훈이와 함께한 자전거 종주 여행은 나름의 의미를 담고 있다.

이번 여행은 아들을 한 명의 독립한 인격체로서, 사회적 주체로서 보내는 나만의 이별 여행이었다.

잘 아는 지인은 '성장 여행'으로 부르라 주문하기도 했다. 하지만 나는 이번 여행을 계기로 아들이 진정 부모로부터 홀로서기를 시도하기를 간절하게 바랐다. 그 바람이 컸기에 '동행을 통한 이별'이라는 반전 의미를 가진 단어를 쓰는 데 주저치 않았다.

아들이 나와 함께 자전거의 두 바퀴를 힘차게 굴리면서 세상과 부딪치는 방법을 배우기를 바랐다. 끊임없이 부는 바람과 맞서기 위해 어떻게 부단하게 노력해야 하는지, 한곳에 치우치지 않는 균형감을 키우기 위해 어떤 식으로 자세를 바로 해야 하는지, 실패를 두려워하지 않는 용기를 얻기 위해 마음을 어떻게 다스리는지를 알아가길 원했다.

인생 여정 속에서 나는 아들에게 아버지인 나도 이 세상을 살아가면서 앞으로 나아가기 위해 무수히 페달을 밟았던 시간을 알려주고 싶었다. 그러다가 가끔은 넘어졌고, 그래서 좌절은 했지만 끝내 다시 페달을 밟고 목표점을 향해 달려갔던 그때그때의 선택과 집중을 알려주고 싶었다.

사회 선배로서, 인생 선배로서, 경험을 많이 한 자로서 지식보다 지혜를 나눠주고 싶었다.

6월 20일부터 26일까지 6박 7일 여정이었지만 실제로는 5.5

일 동안 한강~남한강–문경새재~낙동강까지 총 633km 국토를 종주한 시간은 내 인생에서도 매우 소중했다.

나의 아버지는 내가 네 살 때 돌아가셨다. 그래서 좌절과 절망이라는 인생의 웅덩이와 늪을 헤쳐 나가는 것을 아버지로부터 직접 배우지 못했던 것이 내 평생 큰 아쉬움을 동반한 한이었고 갈망이었다.

그랬기에 나의 아들이 앞으로 세상 속에서 겪을 희망, 기쁨, 좌절, 우울, 도전, 행복 등을 내가 대신할 수는 없겠지만 나와 함께 떠난 자전거 여행 중에 나의 수많은 경험과 사색들을 지훈이에게 많이 전하고 싶었다.

훗날 지훈이가 인생에서 길을 잃었을 때 요긴한 이정표가 되었으면 좋겠다고 생각했다. 부모란 정말 힘들고 지쳤을 때 몸을 뉘는 간절한 쉼터가 될 수 있는 존재임을 알려주고 싶었다.

이 여행기가 나처럼 젊은 세대 자녀들과 소통하고 싶고 공감대를 형성하고 싶은 많은 부모들에게도 유용한 길라잡이가 되기를 바라며 시작해볼까 싶다.

2022년 10월

이태선

노무법인 더휴먼 회장, 공인노무사, 심심림 대표
구건서

　참 아름다운 사람이 쓴 멋진 책을 읽은 감흥에 가슴이 쿵쾅거린다. 책을 읽으면서 돌아가신 아버지와 멀리 있는 아들이 생각나서 가끔 책을 덮고 하늘을 바라본다. 나의 아버지는 나에게 어떤 존재였나? 나의 아들은 나에게 어떤 존재여야 하는가? 그리고 나는 아들에게 어떤 모습으로 비추어지고 있는가? 이런 질문이 끊임없이 떠오르며 우리가 살아온 과거와 자녀들이 살아갈 미래를 연결시켜 주는 아름다운 책이다. 지혜로운 아버지의 모습에서 멋진 인생이 어떤 삶인지 알려주는 좋은 책이다. 이 세상의 모든 아버지, 모든 아들과 딸이 읽었으면 하는 멋진 책이다. 모든 아버지도 날 때부터 아버지였던 것은 아니었다. 초보 아버지들은 모든 역할이 어렵기만 하다. 이 책은 초보 아버지를 위한 가이드북으로서 부족함이 없는 책이다. 진즉에 이런 책을 읽었더라면 나도 아들과 좀 더 친해질 수 있었을 것이라는 아쉬움이 남는다. 인생길은 선택의 연속이다. 어떤 길을 선택할 때 올바른 방향을 알려주는 내비게이션이 있다면 우리는 좀 더 나은 인생을 살 수 있을 것이다. 아버지는 아들과 딸에게 그런 멋진 '내비게이터Navigator'가 되어야 한다는 것을 알려주는 이 책을 많은 아버지들이 읽어 보기를 권한다.

산막스쿨 교장, 경영학 박사
권대욱

삭막한 세상이다. 각자 자신의 세계에 빠져 있을 뿐 의미 있는 대화가 실종된 지 오래다. 비단 타인 간의 이야기만이 아니다. 가족들 간에 소통하는 것마저도 현저히 줄어들었다.

여기저기 들리는 가족 해체의 이야기들 속에는 대부분 소통 부재의 문제들이 숨어있을 것이라고 확신한다. 그나마 가족 구성원 중 엄마와 자녀들이 대화하는 것은 덜 어색하다. 하지만 아버지와 아들의 경우는 사뭇 다르다. 나만 해도 오랜만에 전화한 아들에게 던진 한마디가 "네 엄마 바꿔주랴."겠는가?

여기 본이 될 만한 아버지와 아들이 있다. 6박 7일의 자전거 여행을 통해 이제 막 세상에 나가는 아들에게 60을 넘긴 아버지가 이야기를 건네고 아들은 답한다. 아름다운 광경 아닌가?

아버지도 대단하지만 나는 오히려 아들이 더 대단하고 용기 있다고 생각한다. 웬만하면 하지 말아야지 하면서도 인간은 나이 들면 어쩔 수 없이 '꼰대력'이 생기는 법. 그래서 나이 든 부모와 대화하는 것은 쉽지 않다. 그런데 이 부자는 대화하는 것을 넘어 몇 날을 함께 잠도 자고 밥도 먹고 수시로 대화를 나눈다.

자식 사랑하지 않는 부모가 어디 있겠냐마는 우리 모두는 그 방법이 서툴다. 직접은 아니더라도 이들을 따라 하면 안 되겠는가? 모두가 같은 마음의 아버지가 되어 이들의 이야기를 들려주면 어떠하겠는가? 강추 일독을 권한다.

파워링크 대표이사
권용대

저와 회장님의 인연의 시작은 25년 전으로 거슬러 갑니다. 긴 시간 항상 제 옆에서 지켜봐 주셨습니다. 누군가를 제대로 알기에 그 시간은 결코 짧지 않은 시간일 겁니다.

회장님의 삶은 늘 도전으로 가득 찼고, 간혹 좌절과 고난이 있더라도 특유의 저력으로 극복하는 모습을 보여주셨습니다. 늘 가지신 좋은 에너지를 본인이나 가족에게만이 아니라 타인에게도 진파하는 회장님의 선한 영향력은 제게 늘 감명을 주었습니다.

사회구성원으로서 부모로부터 자립하려는 아들과의 동행 이야기를 『친구 먹고 가세』라는 제목으로 출간한 것도, 북 콘서트라는 파격적인 형태로 출간 기념회를 갖는다는 것도 듣자마자 '아, 역시 회장님!'이라는 생각을 지울 수 없었습니다. 이런 생각과 행동이 이태선 회장님의 정체성이자 특별함을 나타내는 것이 아닌가 싶었습니다.

또한 정말 부러웠습니다. 어느 아버지가 아들에게 이런 큰 인생의 선물을 줄 수가 있을까요? 회장님만의 방식으로 아드님과 소통하는 모습이 정말이지 아름답고 인간적이어서 감동스럽습니다. 그런 모습을 곁에서 보고 들을 수 있음에 감사한 마음 가득하며 X세대와 MZ세대뿐만이 아니라 모든 이들이 진정한 부모의 표본인 이 책을 적극 읽기를 권합니다.

박기주

가족의 역사는 상속이다. 이 책에도 나와 있듯이 부모에 이어 나 그리고 자식, 이를 연결해 3대가 된다. 나는 윗세대와 아랫세대를 잇는 연결자이다. 연결자로서 나는 부모보다 진화하면 될 것이고 자식들은 나보다는 더 진화할 수 있도록 하면 되는 것이다.

이를 잘 알지만 윗대의 좋은 정신적인 유산이나 삶의 철학을 제대로 상속하는 부모들이 그리 많지는 않다. 특히 이태선 회장처럼 어린 나이에 일찍 아버지라는 태산 같은 존재를 잃어버린 사람이라면 더욱 힘들 수밖에 없다. 하지만 그는 자신이 겪은 결핍을 누구보다 잘 알기에 더 많이 몸으로 직접 부딪쳐 알아냈다. 그리고 그렇게 깨달은 아버지의 역할에 언제나 최선을 다했다.

그런 아빠의 체험과 아들의 당당함이 무지개다리 되어 자전거 두 바퀴에 이어진 전국 횡단 자전거 동행에는 삶의 철학이 헐떡이고 있다.

터져버린 타이어를 꿰매며 다시 돌리는 오르막길의 페달링 숨소리와 저녁별 뜬 밤 은하수에 심은 꿈이 되어 633킬로미터에서 100% 이어진다. 아빠와 아들과의 약속된 10년 뒤를 바라본다.

글을 읽는 내내 부러움이 스멀스멀 심장 뛰며 다가온다. 진정으로 사랑하는 자녀들과의 소통과 미래를 준비하는 아버지들에게 부자지간을 위한 표본이라 생각하며 이 책을 강추한다.

살기 좋은 이천시 국회의원
송석준

나이 60의 아버지와 20대 아들이 633km의 자전거길을 종주했다는 이야기를 접하고서 처음 가진 감정은 놀라움과 부러움이었습니다. 이렇게 긴 시간 함께 많은 것들을 교감하며 여행하는 아버지와 아들은 주변에서 그리 흔하지 않기 때문입니다.

자신의 인생 여정 중 굴곡과 정상에서도 가족들을 위한 마음으로 다시 도전했던 일화들을 여행길에서 아들에게 전수하는 이태선 회장의 모습은, 힘들 때 가장 아늑한 '비빌 언덕'이 돼주기를 원하는 모든 부모의 마음을 대변하는 것 같아서 뭉클했습니다.

저 또한 사춘기에 예상치 못한 아버님과의 이별로 인해 아버님의 빈자리를 실감한 경험이 있기에 더욱 그러했습니다. '자식은 아버지의 등을 보고 자란다'라는 말이 있습니다. 원래 아버지의 발자취 그 자체만으로도 공부가 될지언데 그 아버지가 누구보다 든든한 등을 가진 존재라면? 책을 읽으면서 그런 아버지의 등을 항시 바라볼 수 있는 이태선 선배의 아들이 많이 부러웠습니다.

고향 이천의 지역구의원으로서 지근거리에서 자주 뵙는 선배의 늘 열정적인 삶을 격하게 응원하며, 많은 아버지들에게 이 책을 강추합니다.

산들정보통신 회장, 기술장교8기 동기회장

안정화

이태선 필자와는 지금으로부터 40여 년 전인 20대 중반 장교 후보생 시절, 광주상무대 보병학교 장교기초교육 과정에서 조우하여 계속 우정을 쌓고 인생 3막을 3도4촌(3일은 도시, 4일은 농촌)으로 살고 있다.

본인은 국토교통부 발급 기준으로 402번째로 자전거 국토 종주를 한 경험이 있다. 벌써 18년 전 일이다. 그때의 남아 있는 기억은 그저 고생만 했다는 것뿐이다. 하지만 이 책을 읽고 나서 느낀 것은 아들과 동반한 필자의 자전거 여행은 스토리가 있고 텔링이 있다는 것이다. 두 바퀴의 자전거 아래에는 강이 흐르고, 언덕이 있고, 산과 들판에 펼쳐지는 이야기가 있고, 아들과 같이 한 경험이 있다. 이 책은 독자들에게도 미래의 스토리텔링과 추억을 선물하는 책이 될 것이다.

진정성이 느껴지는 '20대 아들과의 이별을 위한 자전거 동행 이야기'가 이 땅의 모든 아버지와 아들에게 귀감이 될 것임을 의심치 않는다. 많은 이에게 전파될 수 있도록 적극 홍보할 것을 약속하면서 가정의 행복을 기원한다.

전)MBC 국장, 아버지 친구
오승만

태선과 지훈의 아름다운 동행을 보면서

인생의 희노애락을 각자가 겪으면서, 예전 어렸을 적 부자간 짧은 대화에서 벗어나 6박7일간 여행으로 소중한 시간을 갖고자 잠시 쉬었다 가는 부자의 모습이 너무 좋았소. 자전거 여행에서는 매우 힘든 상황이 많다고 들었으나 서로 고행을 이겨내고 격려하면서 친구처럼 아름다운 동행을 마친 부자에게 진심으로 축하하며 한편으론 너무 부럽소.

항상 마음속으로는 다 알고 있다 하면서도 실제 행동으로 실천을 못 하는 아버지들의 부족한 모습 대신 지훈이에게 너무나 소중한 선물을 주었소. 서로에게 따뜻한 사랑과 믿음을 보여주고 있는 부자간 사진의 모습이 유명한 사진 작가의 작품보다 더 훌륭하고 이 세상에서 볼 수 없는 멋진 사진 작품이었소.

태선/지훈이의 행복하고 멋진 자전거 여행과 함께 항상 영원한 동반자의 아름다운 동행이 되기를 바라겠소.

사단법인 행복한성공 이사장
이의근

추천사 의뢰와 함께 받아본 원고 한 장 한 장 넘길 때마다 여러 가지 감정과 감동이 물밀듯 다가온다. 이태선 님은 내가 아는한 가장 열심히 사업과 사람을 챙기고 남다른 실행력으로 삶을살아가는 분이다. 늘 바쁜 일정에 언제 이런 아름답고도 의미 있는 여행을 기획했을까? 그것도 단순한 여행이 아니라 부자가 동행하는 국토 종주 자전거 여행이라니…. 특히 아버지가 온몸으로 겪어온 삶의 지혜와 교훈에 대해서 여행길 내내 나눈 대화를더 발전적으로 가다듬어 이 책을 만들다니 놀라움 그 자체이다.

이 책은 단순한 아버지와 아들의 국토 종주 자전거 여행기가아니다. 자전거 타기와 우리네 인생살이는 너무나 닮아 있다. 이런 모티브로 저자가 치열하게 살아온 60여 년의 인생 경험이 책곳곳에 녹아 있다. 책 구절구절 보석 같은 삶의 철학과 원칙들이곳곳에 박혀 빛나고 있다. 넓디넓은 사회에 첫발을 내딛는 아들에게 인생의 선배로서 그야말로 소중한 선물로 준비된 내용들은비단 이들 부자에게만 해당되는 사항이 아니라고 생각한다.

자녀를 사랑하는 모든 부모들과 새로운 도전을 앞둔 자녀들,더 나아가 세상의 고단함 속에서도 무엇인가 삶의 의미와 목표를향해 정진하려고 하는 사람들에게 이 책을 꼭 읽어 보도록 권유하고 싶다. 훌륭한 책을 집필해 주신 저자께 감사드리고 부자간의 아름다운 동행이 앞으로도 계속 이어지기를 간절히 소망한다.

조성명

　저자 이태선과는 10여 년 전 학교에서의 인연으로 만나 지금까지 동시대를 살아가는 동기로서, 항상 열정적으로 살아가면서 생각하고 실행하며 넘어져도 오뚝이처럼 살아가는 작가의 삶에 경의를 표합니다.

　어린 시절 자전거 뒤에서 안장을 잡으면서 자전거를 가르쳐주기 위해 노력하는 아버지의 모습을 떠올리면 코끝이 찡해집니다. 인생에서 다양한 것을 전수하려고 늘 노력하지만, 그 과정에서 가지는 부모의 애타는 마음과 사랑을 많은 자식들은 잘 몰라줍니다. 그런 부모의 깊은 마음을 깨닫는 것은 나중의 일입니다. 특히 아버지와 아들 사이에는 메워지지 않는 간극이 살짝 있는데, 어머니와 딸 사이에 애틋함이 있는 것과 달리 아버지와 아들 사이에는 알지 못할 긴장감이 흐르는 것이 사실입니다. 그래서 책을 읽으면서 아버지와 아들의 친밀한 교감이 가능하다는 것을 더 가깝게 느끼게 되었습니다.

　이 책을 통해 이 세상의 아버지들이 한번 아들과 단둘의 여행을 기획하면 어떠한지요!

휴넷 대표

조영탁

"거인의 어깨에 올라타라." 아이작 뉴턴의 명언이다. 세상에 부모보다 큰 거인이 있을까?

부모의 삶과 지식 그리고 온갖 경험으로부터 배워서 그 자제들이 더 빨리, 더 크게 성공한다는 것은 아름다운 이상이지만, 오히려 외부의 제3자로부터는 잘 배우지만 부모에게는 잘 배우지 못하고, 심지어는 부모와 자식 간에 수많은 갈등과 오해로 점철되어 있는 경우를 더 많이 발견할 수 있다.

왜 그럴까? 세대 차이, 태어나서 자란 환경의 차이가 확연하게 있음을 도외시한 부모들 탓이다. 부모들은 자녀에 대한 사랑이 너무 크기에 일방적으로 가르치려 든다. 그러나 우리 자녀들은 우리가 생각하는 것보다 더 똑똑하고 더 많이 배웠다. 일방적인 가르침이 통할 리가 만무하다.

이런 점에서 이태선 회장의 아들과 함께한 633km 국토 종주는 새로운 자녀 교육의 교과서라 할 만하다. 이태선 회장은 일방적 가르침 대신 현명하게도 아들과 단둘이 자전거를 타고 여행을 하면서, 질문하고 대화하는 방법을 선택했다. 참으로 존경스럽고 이 시대 모든 부모의 귀감이 될 만하다.

자녀를 사랑하는, 모든 부모들께 이 책을 권해드린다. 책을 읽고 나면 사랑하는 자녀에게 그리고 스스로에게 도움 되는 삶의 지혜를 많이 얻어가게 될 것이다.

부정(父情)의 이별 동행

- 김희정

아들아,

살다가 삶의 무게가 너무 무겁게 느껴질 때면,

문득 숨이 차고 힘이 들어 눈물이 날 때면,

네 자전거 안장을 꼭 잡아주던 아버지의 따스한 손길을 기억하렴.

세상에 혼자 남겨진 것 같고 지쳐 쓰러질 것만 같을 때,

기댈 수 있는 사람이 있다는 걸,

비빌 언덕이 아버지란 걸 꼭 기억하렴.

달리다 보면 경로를 이탈할 수도 있어. 그러나 목적지만 잊지 않으면 돼.

때론 넘어질 때도 있겠지. 그러나 다시 일어날 용기만 있으면 돼.

633km를 거뜬히 달려 낸 자전거의 두 바퀴처럼

당당하고 멋지게 자신의 삶을 살아갈 우리 아들을 응원한다.

아버지가 살아 온 과거와 네가 살아 갈 미래를 연결시켜 주던

꿈 같던 6박7일의 이별 동행길은,

머언 어느 날 보석처럼 빛나는 추억으로 반짝이겠지.
애틋한 그리움으로 눈시울 뜨겁게 할지도 몰라.

아들아, 잊지말길 바란다.

말없이 흐르던 강물의 속삭임이 너를 향한 아버지의 무언의 기도임을.
한없이 펼쳐진 들판의 광활함이 너를 품고 있는 아버지의 무한한 사랑임을.

두 바퀴의 자전거를 통해 물질적인 것보다 삶의 경험에서 얻어진 값진 지혜를 물려주고 싶었던 아버지의 간절한 마음을 잊지 말길 바란다.

아들아,
내 아들로 태어나 주어서 고맙다. 사랑한다.

CONTENTS

하나

인생 라이딩 1일차
"준비하고 예열하는 힘"

아들과
함께 떠난
가장 아름다운
이별을 위한 동행

아들아,
균형을 잡으려면 끊임없이 페달을 움직여라!

아들 지훈이와 자전거 국토 종주 여행을 기획한 것은 여행을
떠나기 3개월 전쯤이었다.

집을 정리하던 중 10년 전에 적어 놓은 버킷리스트를 아들이
발견했다. 그 속에 '지훈이와 자전거 전국 투어'가 적혀 있었다.
세월이 흐르면서 나도 잊고 살았던 소망이었다. 그런데 지훈이
가 아빠와 자신의 자전거 전국 투어를 보고 "어, 이런 게 있었네
요?" 질문하기에 "그럼 떠나볼까?" 툭 던져 보았다.

"사회 진출 전 다소 시간의 여유가 있는 지금 그럼 나와 함께
종주 여행을 해보자!" 했더니 지훈이가 순순히 수락한 것이다.
코스를 짜는 등 일정 자체는 지훈이가 주도하고 나는 스폰서로
투어 비용을 부담하기로 서로 협의했다.

애초에 내가 생각한 이 여행의 타이틀은 '지훈이와의 가장 아름다운 이별 여행 이야기' 정도였다.

이제는 부모의 부속된 존재가 아니라 진정한 독립체로, 인격적으로 성숙한 하나의 주체로 우뚝 서서 치열한 삶의 현장인 사회로 나갈 준비를 하는 아들을 진정으로 내 품에서 떠나보내기 위한 하나의 제의 같은 여행이었다. '이별'이라는 반전 단어를 써서라도 이번 여행의 의미를 깊이 음미하고 싶었다.

아들과 이런저런 것을 의논하면서 여행을 준비하는 동안 정말 생각보다 더 많이 행복했고 설레었다.

이런 말이 우습게 들릴지는 모르겠지만 나 자신이 성인식을 치르기 위해 작열하는 사막 너머 미지의 장소로 홀로 자식을 떠나보내는 아프리카 원주민처럼 느껴졌다. 이제야 진정 내 품에서만 28세가 된 아들과 마음속으로 결별하는, 그래서 그 아이가 제대로 된 인생을 개척하는 자아를 실현하며 가정의 가장을 넘어 이 사회의 진정한 구성원이 되는 것을 지켜보려는 즐거움이 내내 솟았기 때문이었다.

사실 요즘은 부모의 품에서 일찍 독립하는 세대들이 점점 줄고 있다. 나이 스물이 넘으면 제 밥벌이가 당연했던 과거 세대 젊은 이들과 다르게 요새 MZ세대들의 독립은 결코 녹록지 않다.

뭐든 치열하고 힘든 관문들을 뚫어야 하는데 그 과정은 미숙하고 설익은 그들이 감내하기에 쉽지 않다. 자연히 부모의 보호 아래 살아가는 기간이 늘어날 수밖에 없다.

내 아들 지훈이 역시 마찬가지. 유치원, 초중고와 대학교(중국 유학과 2년간 캐나다 어학연수를 한 초등학교 시절과 기숙사에서 3년간 생활한 고등학교 시절)를 나와 군대에 입대해 전역하고 인턴 생활과 자격증 취득을 준비하는 지난한 과정 속에서 나와 아내의 손길 아래에 늘 있었다.

하지만 부모가 앞에서 옆에서 같이 뛰어주며 코치처럼 이런저런 것을 알려주는 시간을 이제는 끝내야 했다. 그것은 나와 아내도 알고, 지훈이 역시 잘 아는 사실이었다.

안온한 온실과 다른, 비바람 불고 강풍이 몰아치는 노지에서 잘 살아가기 위해서는 이제 밖으로 과감히 나가 그것들을 온전히 맞닥뜨릴 필요가 있었다.

부모는 이제 코치가 아니라 한 걸음 물러서서 멘토로서만 자리해야 한다. 아들과 함께 자전거의 두 바퀴를 굴려 가면서 떠난 633km의 국토 종주 길은 그런 나의 다짐을 확인하고 공고히 하는 여정이었다.

어차피 세상은 홀로 가는 것이다. 그러기 위해서는 부지런히 사색을 통해 실천의 노력을 해야 한다. 하지만 또 열심히 달리는 것만이 능사는 아니다. 뭐든 치우치지 않아야 한다. 어딘가 치우치면 균형을 잃고 넘어지기 마련이다. 심하면 나락으로 굴러떨어질 수도 있다. 옛말에 "과유불급過猶不及", 즉 지나친 것은 미치지 못한 것과 같다는 말도 있다.

　물론 넘어질 수 있다. 그렇더라도 다시 벌떡 일어나 또 안장에 몸을 싣고 페달을 힘차게 굴릴 용기를 배울 필요도 있다.

　나는 코스의 변곡점(쉼터)마다 지훈이에게 아버지가 이 세상을 살아가면서 무수히 페달을 밟았던 시간을 얼마나 많이 가졌었는지, 그러다가 가끔은 어떤 식으로 넘어졌는지, 잠시 쉴 때는 있을지언정 끝내는 페달을 밟고 달려갔던 순간순간을 알려주고자 했다.

　물론 목적지로 향하는 과정에서 때로 페달을 밟는 것이 너무나 지치고 힘들면 멈춘 채 잠시 자전거를 세워놓고 쉬면서 풍경 구경도 하고 누웠다가 가도 된다는 말을 빼먹지 않았다. 좀 쉬면 어떠한가? 중요한 것은 절대 멈추지만 않으면 되는 것이니까.

　이제는 너의 이상과 행복 그리고 목적지 항해를 위해 힘차게 노를 저어서, 이 세상을 밝게 하는 선한 영향력을 통해 진화시키는 삶을 살아가길 간절히 기원하는 부모의 마음뿐이란다.

　이번 여행을 통해 아들에게 인생을 먼저 경험한 아버지로서 어떠한 화두를 던질 것인가, 수없이 생각하고 생각한 것을 잔소리가 아닌 진심 어린 가슴으로 받아들이게 한 방법을 찾는 데 많은 시간을 고민하였다.

　성철 스님의 "산은 산이요 물은 물이요"라는 화두를 던지듯이.

인생 라이딩 1일차
"준비하고
예열하는 힘"

세상으로의 활공을
준비하는 네게

"지훈아! 연鳶이 바람을 타고 드높은 창공을 날고 있는데 실을 놓으면 마냥
더 높은 곳을 향할 것 같지?

연과 사람과 지상을 연결하는 실이 있어 연은 하늘을 향해 더 높게 날 수
있는 거야. 부모란 그 실을 붙잡고 있는 사람이야.

지훈이 넌 저 창공을 마음껏 날아!

언제나 우리가 네 뒤에서 널 단단히 실의 마음으로 붙잡고 있을 테니까."

지훈이는 1994년 3월 26일 2시 59분에 대전 을지병원에서 태
어났다. 결혼 5년 만에 얻은 첫 아이였다. 건강하게 태어난 아들
이 한없이 고마우면서도 나는 소중한 아기를 품에 안고서 작게
탄식할 수밖에 없었다.

나는 '아버지'라는 처음으로 마주친 역할에 대해 심각하게 고
심했다. 그럴 수밖에 없었다. 네 살 때 아버지가 돌아가셨기에
내게는 아버지라는 롤 모델이 정립된 것이 아무것도 없었다.

그래서 나는 기쁨의 순간에 인생의 여정을 살아오시면서 주름
진 얼굴로 나를 내려다봐 준 아버지의 환한 얼굴도, 좌절과 절망

이라는 인생의 웅덩이와 늪을 헤쳐 나갈 때 나의 등을 두드려준 아버지의 단단한 손길도 제대로 떠올릴 수가 없었다. 그런 내가 좋은 아비가 될 수 있을까, 고민은 깊었다.

하지만 세상의 모든 것들에 부딪치며 해답을 찾기 위해 노력했던 나였기에, 고민의 시간은 그리 길지 않았다. 내 주변에는 좋은 아버지도 많았고, 책이나 영화, 텔레비전에서 전하는 좋은 아버지의 모습도 많았다.

좋은 것들은 부지런히 차용했고, 적용했다. 우리 부자父子한테 딱히 맞지 않다면 과감히 버리고 나만의 방식으로 변용해 다시 적용했다.

아들은 감사하게도 잘 따라 주었고, 오히려 부모의 걱정이 그저 기우였음을 증명해 내기도 했다. 주변에서 바라본 다른 아버지와 아들보다 우리는 훨씬 가깝고 친밀했다.

초등학교 시절에는 등교를 늘 같이했다. 3학년 때 중국 닝보로 간 유학길에도 함께했다. 사스로 6개월 만에 다시 국내로 들어와 청학동에서 생활할 때도 매주 아이에게 방문했다. 자신이 이룬 성취에 대해 재잘거리는 어린 아들과의 대화는 늘 즐거웠다.

4학년 말 캐나다로 어학연수를 갈 때도 온 가족이 함께했다. 많은 시간을 공유하며 미래를 위해 준비했다. 여행도 무척 많이 나녔다. 소소하게 공원에 놀러 가는 것에서부터 록키 산맥을 여행하고 미국 종주 여행을 다니면서 라스베이거스를 다니는 등 많은 추억을 함께 나녔다.

한국에 귀국한 중학교 시절에도 가족 여행은 우리 집만의 소중한 행사였다. 비록 외국어고등학교에서 기숙사 생활을 하던 고등학교 시절에는 많이 하지 못했지만, 금요일에 집에 오면 못다 한 사랑과 관심을 쏟아부었다. 우리가 주는 무한 신뢰는 아이의 높은 자존감으로 되돌아왔다.

대학교에 입학하기 전에는 부자지간만 밀포드 트레킹을 갔고, 군에 가기 전에도 강릉 동해안 여행을 통해 군 생활하는 방법을 제시하였고, 군에서 제대한 이후에도 경주에서 스쿠터 여행을 하면서 군 생활에 관한 대화를 나누는 등 단둘만의 시간을 보냈다. 종종 당구도 치고 치맥도 나누는 친구처럼 보냈다. 나는 아들에게 아버지보다는 친한 형처럼, 근엄함보다는 친구로 다가가기 위해 노력했다.

이런 아들과의 국토 종주 자전거 여행이었기에 나는 준비하는 과정이 행복하였다.

3개월 동안 기획한 이번 여행은 한강에서 남한강을 지나 문경새재길을 거쳐 낙동강까지 가는 것으로 선택하였다.

흔히 말하는 자전거 국토 종주 코스는 꽤 여러 개 있는데 가장 많이 하는 코스는 아라뱃길에서 부산까지 잇는 자전거 국토 종주 코스일 것이다.

원래는 4대강 자전거길을 모두 돌고 오려고 했지만 2주간의 여정이라 바빠질 지훈이의 여건을 고려하여 10년 후 실천할 버킷리스트로 남겨두기로 했다.

6박 7일 일정으로 600km 넘는 거리를 자전거로 종주하려면 적어도 하루 100km 이상을 가야 한다. 초심자뿐만 아니라 웬만한 중급 이상 라이더라도 고된 길이었다. 부자가 머리를 맞대고 코스의 난이도를 체크하고 숙박, 먹거리, 화장실, 쉼터 등에 대한 정보를 탐색했다.

결론적으로 우리 부자는 실제 5.5일 동안 한강~남한강~문경새재~낙동강까지 총 633km 국토를 종주했다. 이 길에서 많은 경험과 사색들이 펼쳐졌다.

아빠는 하루 40km 전후의 자전거 경험이 전부이고 아들은 자

전거를 탈 수만 있을 정도의 수준이었으니 국토 종주가 무리한
계획임은 자타가 인정하는 상황이었지만, 부자지간의 동행이라
상호 믿음이 있었기에 강행할 수 있었다.

6월 19일 서초 방배점 삼천리 자전거 가게에서 자전거 2대를 대여하여
집으로 이동했다.

6월 20일 07:00 분당 집을 나섰다. 떠나기 전 우리 부자는 거실에 있는 가훈
'중심인간(中心人間)'이 쓰인 편액 앞에서, 그리고 집 앞에서 인증 샷을 남겼다.

6월 20일 08:30 잠실 한강공원에 도착해 아침 식사로 컵라면을 종이로 된
그릇에 끓여 먹었다. 그 후, 남한강을 향해 자전거길을 타고 한참 달렸다.

집을 나서기 전 가훈 앞에서

6월 20일 10:00 드디어 팔당대교 아래에 도착할 수 있었다. 여기서 한 40여 분 동안 휴식을 취했다. 처음부터 가속하기보다는 신체 리듬을 체크하면서 워밍업을 한다는 생각으로 달렸다.

팔당대교 아래

　다리 밑 그늘에서 시원한 강바람을 쐬며 쉬고 있는 아들을 보면서 뭔가 뿌듯함이 샘솟았다. 사실 나이 젊은 아들보다 내가 주로 앞장서서 달렸다. 마치 마라토너의 속도를 조율해 주는 페이스메이커처럼 앞에서 달렸지만 나는 기대했다. 자신만의 속도를 찾으면 나보다 더 월등한 속력으로 앞지를 아들의 모습을….

　세상으로의 활공을 위해 이제껏 날갯짓을 연습해 온 아들을 언젠가는 기쁜 마음으로 멀리 날려 보낼 내 모습을 떠올리니 행복과 아쉬움으로 인해 눈시울이 뜨거워지기도 했다.

하나 인생 라이딩 1일차_ "준비하고 예열하는 힘"　　　　　　　35

물론 그 날갯짓이 처음부터 완벽하고 완전하리라 믿지는 않는다. 하지만 이렇게 열심히 균형을 잡아 부지런히 달리면 어느 순간 목표한 위치에 도달하는 자전거 종주처럼 뭔가 하나쯤은 성취할 것이다.

　　그 확신은 종주 여행을 모두 끝낸 후, 나뿐만 아니라 아들 역시 확실히 얻을 수 있을 거라 생각했다.

이제 네 안장을
놓아야 할 때

"지훈아! 타인에게 많이 의지하면 의지할수록 낙심하는 경우가 많아진단다.
새처럼 한낱 미물도 자기 날개로 스스럼없이 날아 다니는데 만물의 영장인
인간이 어찌 홀로 날지를 못할까?
네가 혼자 할 수 있는 것들이 많아질수록 너는 더욱 성장하는 것이고, 비로
소 어른이 되는 것이란다.
그러니 지훈아, 이제 너는 네 자신에게 의지해야 한단다."

어린아이가 자전거를 배울 때 가장 확실한 뒷배는 바로 안장을
굳건히 잡고 있는 부모일 것이다. 힘내라고 응원해주고 설령 넘
어지더라도 '괜찮아, 일어나!' 용기를 북돋워 주는 부모는 얼마나
든든한 존재인가.

하지만 문제는 부모가 영원히 그 안장을 잡아줄 수 없다는 사
실이다. 중간에 안타까운 사정으로 일찍 세상을 떠날 수도 있고,
건강이나 경제적인 문제로 피치 못하게 지원에 손을 떼야 할 수
도 있다.

부모는 특별한 사정이나 상황이 발생하지 않는 한, 대부분은

자식들보다는 먼저 이 세상을 떠나는 것이 순리이다.

그렇다면 부모라는 멘토들은 나 홀로 인생이라는 먼 길을 가야 하는 자녀들에게 미리 이정표나 내비게이터를 만들어서 보여주는 것도 나쁘지 않을 것이다.

물론 실전의 삶은 기대한 이상으로 더 험난하거나 예측 불허일 수가 있다. 그래서 그 이정표나 내비게이터가 완벽하게 들어맞으리란 법도 없다. 하지만 부모의 지혜가 응축된 멘토링은 분명 갈 길에 대한 시행착오를 겪는 자녀들에게 어렴풋한 방향이나마 가르쳐 주는 지표가 되기에 충분할 것이다.

6월 20일 12:30 양평군 신원역에 도착해 점심으로 막국수를 먹었다. 밥을 먹자마자 오후 1시부터 다음 휴식 장소인 양평군 자전거 휴게소까지 2시간여 달렸다. 그런데 달리다가 사고가 발생했다. 내 자전거 페달이 고장이 나버린 것이다. 자전거 휴게소에서 임시방편으로 응급조치를 받고 다시 달렸다.

첫날의 마지막 일정인 숙박지 여주 썬밸리 호텔까지 부지런히 달려가는 와중에도 나는 '이번 여행에서 생각했던 것들을 어떻게 아들에게 부담 없이 진솔하게 들려줄 것인가?' 마음속으로 곰곰이 생각에 생각을 더하면서 라이딩을 했다.

인생을 살면서 내가 조금만 더 일찍, 농밀하게 알았더라면 시

양평군 자전거 휴게소

행착오를 훨씬 줄일 수 있었던 삶의 화두나 비기(*비밀기술)들을 하나둘씩 내심 정리했다. 앞으로 이어질 여정 속에서 지훈이와 가감 없이 소통하기 위해서였다. 내게는 이 모든 것들을 살갑게 조곤조곤 건네준 아버지가 없었지만 지훈이는 다르니까….

· 인간에 대한 정의

· 조직원으로서 기본 마음자세

· 행복에 대한 정의

· 자유에 대한 정의

· 신뢰와 신용에 대한 정의

· 가훈 '중심인간'과 가족에 대한 의미

· 행복과 성공의 정의

· 인생 취미

· 분배의 원칙

여행 내내 지훈이에게 풀어놓았던 이 이야기들은 내가 평생을 살면서 온몸으로 부딪쳤던 현실과 좌절, 자성과 극복의 경험담이 응축된 것들이었다. 아들에게 줄 수 있는 값진 재산은 어쩌면 돈보다 이런 것일 수도 있다. 돈 주고도 사지 못할 정신적 유산들 말이다.

첫날 일정은 나름 원활했다. 다행히 큰 사고나 부상도 없었다.

아들 역시 오는 내내 오르막이 보이면 미리 기어를 변속하고, 가속한 힘으로 힘껏 페달링해서 잘 오르기도 했고, 내리막길에서는 천천히 속도 조절을 하면서 조심하는 모습도 보였다. 그것을 보면서 나는 또 속으로 '자전거 타기야말로 어떻게 보면 인생이랑 닮았어!'라며 혼자 찬탄해 마지않았다.

언젠가 도약하기 위해서는 미리 준비할 필요가 있다. 성공 가도를 달리는 순간은 최선을 다해, 자신이 할 수 있는 최고의 동력을 쏟아부어야 하는 법이다. 그리고 전성기 최고의 자리에 도달했다면 다음 순간 다가올 하강기를 더욱 조심해야 한다는…. 천생 인생은 그런 것이라고 생각하며 페달을 밟았다.

미완의 인간을 채우는 것도
바로 인간

"지훈아! 옛날 노래 중에 '인생은 미완성'이라는 노래가 있단다.

그 노랫말 중 인생은 쓰다가 마는 편지이고, 그리다가 마는 그림이고,

새기다 마는 조각이라는 구절이 있어.

또 이런 구절도 있어.

그래도 우리는 곱게 써가야 하고, 아름답게 그려야 하고, 곱게 새겨야 한

다는 구절이…

인간은 살아있는 한 작업 중에 있는 미완성의 존재야.

그러니 앞으로 일어날 일을 마냥 두려워만 해서는 안돼.

우리는 지금 어떠한 방식으로든 완성돼 가고 있는 중이거든…

그리고 그걸 완성해 나가는 작업자는 바로 나 자신이란다."

6월 20일 16:30 여주의 숙박지에 무사히 도착했다. 피곤한 기색이 역력했지
만 지훈이는 젊은 체력을 은근히 뽐내면서 아버지인 나를 오히려 이리저리 살펴
봐 줬다. 벌써 이렇게 다 컸나 싶어서 무척 흐뭇했다.

여주 남한강 일몰

　일단은 응급조치해서 타고 왔던 내 자전거를 대여했던 방배점 삼천리 자전거의 조치로 교환할 수 있었다. 정상 자전거가 올 때까지 기다리면서 석양의 해를 바라보며 사진을 찍었다.

　그 와중에도 나는 꼰대처럼 "인생이 이처럼 평탄하고 안전하지만은 않단다. 지훈아, 별일이 없다가도 갑자기 이런 식으로 버거운 변수가 생기는 것이 인생이야! 그러니 늘 섣불리 마음 놓고 살면 안 돼"라고 지훈이에게 조언하고 싶었다.

　하지만 허기 어린 아들의 얼굴을 보는 순간 슬그머니 입이 다물어졌다. 그날 저녁 식사는 티본스테이크와 맥주로 풍성했고, 유난히도 맛있었다.

　술이 한 잔 들어가면서 지훈이와 이런저런 이야기를 더 깊이 나누었다. 지금 지훈이의 인생 단계에서 해결해야 할 생애 숙제 같은 부분에 대해 들었다. 미래를 준비하고 밑그림을 그리는 과정인 지훈이는 약간의 강박관념에 사로잡힌 것처럼 보여 좀 안

타까웠다.

아직 스물여덟 살밖에 안 된 어린 아들로 여기는 나의 마음과는 달리 고시 공부에 도전하다 다소 늦게 사회생활에 진입하게 된 본인의 입지에 대해 지훈이는 불안감을 좀 느끼고 있었다. 늦은 만큼 서둘러 사회의 구성원으로 자리를 잡는 것이 목표라고 지훈이가 말했다. 현재 사귀는 이성 친구가 있는 상황에서 그녀와 미래를 구체적으로 그려 나가기 위해 무엇보다 경제적 자립이 제일 중요하다고 말했다.

보통의 사람이라면 10대, 20대, 30대… 60대 이후 인생 단계에서 삶이 요구하는 인생 과제와 그것을 해결하기 위해 돌입해야 하는 도전들이 있다. 사실 10대에서 20대 초반까지의 지훈이에게는, 나와 아내가 아들을 지지하고 응원해주는 부모로서의 역할을 절대 허투루 하지 않았다고 자부한다. 물질적인 도움뿐만 아니라 마음으로도 늘 지훈이를 응원해왔다.

아들이 진로와 커리어에 대한 고민이 깊을 때 사회의 여러 분야에서 활동하는 다양한 직업의 사람들을 만날 수 있도록 자리를 주선하기도 했다. 물론 나 역시 한 사업체를 운영했고 나름 한 분야에서 일가를 이룬 사람이기에 지훈이의 고민에 대해 응답해줄 부분을 갖고 있었다. 하지만 혈육인 내게는 더더욱 선뜻 털어놓지 못하는 내밀한 부분이 분명 있을 거라 생각했다. 그래서 나의 지인들 앞으로 지훈이를 데려갔다.

"진로 때문에 아버지가 만들어 주는 관련 분야 전문가 분들과의 식사 자리가 저를 진짜 금수저로 느끼게 해주었어요. 그런 것이 수십억 명품아파트보다 더 큰 황금 같은 기회라 여겼어요."

각양각색의 일을 하는 나의 지인들이 지훈이에게 많은 조언을 건네주었다. 지훈이도 자신의 고민이나 의문 사항을 적극적으로 털어놓고 수용하는 모습을 보여주었다. 그 덕분에 자신의 고민 일부를 많이 해결할 수 있었고 한정됐던 생각들도 넓게 확장시킬 수 있었다고 내게 뒤늦게 고마워했다.

미국의 극작가 테네시 윌리엄스가 말했다.

"우리는 모두 신의 실험실에 있는 실험 대상이다. 인간은 작업 중에 있는 미완성 작품일 뿐이다."

이 말은 인간은 원래 미완성의 존재로, 처음부터 완벽할 수 없다는 것을 뜻한다. 어떻게 살면 잘 살 수 있는지를 알려주는 수많은 책이나 프로그램을 탐독하고 수백 번 봐도 완벽하게 사는 인간이란 있을 수 없다.

자전거 타기도 비슷하다. 자전거 페달을 잘 밟고 균형을 어떻게 해야 잘 잡을 수 있을지를 이론적으로 공부한다고 결코 잘 타는 것이 아니다. 그냥 부딪쳐서 타는 것이다.

자전거를 굳이 원리를 알고 적용하지 않아도 타다 보면 그 감을 익히듯, 인생도 그냥 부딪치며 배우고 또 살아가는 것이다. 끊임없이 인간은 쉼표와 물음표를 갖고 살아갈 수밖에 없다. 마침표를 찍을 수 있는 사람은 죽은 인간뿐이다. 그 무지의 시간을 거치면서 좌충우돌한다고 부끄러워해서는 절대 안 된다. 결핍이나 부족함은 채우면 그만이다.

그러기 위해서는 주변에 있는 많은 이들이 나의 멘토가 될 수 있음을 인정해야 한다. 불완전한 인간을 보충하는 존재는 오직 인간뿐이다. 지훈이에게 만약 너의 부족함이나 결핍이 부끄럽고 두렵다면 주변 사람들에게 적극적으로 조언을 구하라고 나는 늘 말한다.

제일 먼저 부모에게 털어놓고, 그래도 안 되면 주변 사람들에게 털어놓아라. 혼자 끙끙 앓는 것보다 쉽게 정답을 얻을 기회를 포착할 수 있다고 조언했다. 사회의 선배, 인생의 선배, 경험의 선배로서 지훈이에게 이제는 지식보다 삶의 지혜를 알려줄 수 있도록, 좋은 멘토가 될 수 있도록, 나 역시 주변에 많은 이들의 도움을 받고 더욱 많은 것을 받아들이기 위해 공부하고 있다.

지훈이에게 인간이 무엇이냐고 물었더니 "사회적 동물"이라는 원론적인 답을 했다. 물론 맞는 말이다. 그리고 '사회적'이라는 말에서 알 수 있듯 인간은 홀로 살 수 없는 존재이다. 나는 거기에 한문으로 풀이를 하면서 뜻을 더했다. 인간人間 중 인人 자는 믿음을 근본으로 서로를 의지하면서 살아가는 것을 뜻한다고 이야기해 줬다.

인人 자의 한 일一 자들이 동일하게 힘의 균형을 가질 때 오히려 안정성이 떨어진다. 인人 자는 일견 보기에는 아래에 있는 일一 자가 약해 보인다. 하지만 힘이 있어야만 아래에서 떠받들 수 있는 것이다. 오히려 불균형 속의 균형인 셈이다. 즉, 힘이 있어야만 상대방을 도와주고 그를 지지해 줄 수 있는 것이다. 이는 한 개인에서 더 나아가 조직의 근본이 된다.

사람 인人 자를 기억하라. 그것은 나를 위한 것이면서 남을 돕는 길이다. 이런 생각으로 사회생활을 시작하면 10년 후 아들은 한층 단단하고 빛나는 사람으로 진화할 수 있다고 확신에 차서 말해 주었다.

인간에서 사이 간間은 매일 문으로 순환한다는 뜻이다. 인간의 정의는 사람과 사람이 매일 의지하면서 문을 통해 순환하는 것이다. 그리고 진화하는 것이다. 현재보다는 더 나은 미래를 만들어 나갈 수 있는 존재는 오직 인간뿐이다.

나는 지훈이가 미래를 위해 과거를 바탕으로 현재를 직시하면서 미래에는 이 세상을 밝은 쪽으로 진화시키는 사람으로, 이 사회에 아름다운 영향력을 끼치는 사람으로 성장하기를 바라고 있다.

멀리 보고
걸어가야 한다

"지훈아! 자전거나 산행을 갈 때 너무 앞만 주시하고 있으면 위험할 수도 있고 쉽게 지루해질 수도 있단다.

저 멀리 시선을 두고 있으면 놓치고 있던 좋은 풍광도 더 많이 볼 수 있고, 위험한 지형도 쉽게 파악할 수 있단다.

빨리 잘 가는 것만큼 중요한 건 먼 길을 지치지 않고 즐겁게 가는 거란다."

6월 20일 19:00

숙소에 돌아와 식당에서 티본스테이크와 생맥주를 마시며 이런저런 이야기를 나누었다. 첫날이라 아직은 체력 저하가 심하지 않은 편이라 술도 마실 수 있었던 것 같다.

나는 내밀하게 사랑을 마음에만 품고 겉으로 표현이 부족한 예전 세대 아버지와는 다른 전형의 아버지라고 생각한다. 내 생각에도 나는 직설적이고 다정다감한 아버지인 편이다.

아버지가 일찍 돌아가시는 바람에 아버지의 사랑을 제대로 받지 못했던 나는 아이들에게 많이 다가가려고 노력했다. 그 과정에서 내가 지훈이와 딸들에게 주는 사랑이 옳은지 옳지 않은지 헷갈릴 때가 많았다. 그렇게 의문스러울 때는 직접 대놓고 아이들에게 물어보았다.

학창 시절 아이들의 의중을 많이 따르려고 했던 부분도 있었지만 '사랑'이라는 이름으로 내가 독단적으로 내린 결정들도 많았다.

당시에는 좋은 길이라 여겼지만 지나고 보니 나의 욕심이었던 것들도 분명 많이 있었다. 내 욕심에 지훈이가 희생했던 부분도 적지 않았다.

4세부터 영어 유치원에 다녀야 했고 초등학교 2학년 마치고 중국 귀족학교 닝보로 유학을 떠나야 했다. 유학을 떠나기 위해 공항에 간 지훈이가 엄마와 생이별을 하면서 통곡하는 것을 보면서 나는 짐짓 엄격한 표정을 지으려고만 했다.

아들인 지훈이를 더 강하게 성장시킬 필요성만 느꼈지, 어린 나이에 아이가 겪을 두려움과 불안함을 섬세하게 헤아리지는 못했다. 좋은 건지 나쁜 건지 모르지만 지훈이는 3개월 만에 사스로 인해 조기 귀국할 수밖에 없었다.

그러자 이번에는 지훈이를 청학동 서당으로 『사자소학』을 배우러 가라고 등 떠밀었다. 지훈이는 떼쓰지도 않고 묵묵히 아버지의 뜻을 받아들였다. 어느 정도 한국 생활에 적응할 무렵인 4학년을 마치고 캐나다 밴쿠버로 어학연수를 떠났다. 주간에는 학교와 학원으로, 야간에는 과외 선생이 지훈이를 가르치게 했다. 한국표 독한 특훈을 시켰던 결과 2년은 거쳐야 하는 ESL 과정을 3개월 만에 통과할 수 있었다.

6학년 2학기에 귀국한 지훈이는 중학교에 입학하여 잘 적응했다. 그런데 외고에 입학하기를 원하는 나에게 난생처음으로 강하게 반발했다. 일반고에 가기를 원하는 지훈이에게 나는 외고에 가지 않으면 재수를 해서라도 가라고 지침을 내렸다.

이때 내 태도에서 후회되는 부분은 아이에게 하나의 독립된 인격체에 걸맞게 외고의 실질적인 좋은 점과 자기가 왜 가야 하는지에 대한 동기부여가 되는 점들로 부드럽게 설득했더라면, 지훈이가 결코 그런 식으로 반발하지 않았을 거라는 점이었다.

용인외고에 가기를 원했던 나는 모든 역량을 집중했지만, 해외 생활 2년으로 인해 수학 점수가 낮은 지훈이는 용인외고가 어렵다고 스스로 판단해 경기외고를 선택했다. 경기외고는 기숙사 생활을 해야 했는데 지훈이는 어린 시절부터 겪은 해외 생활 덕분인지 잘 적응했다.

집에서 통학할 때 아침에는 내가 데려다주고 저녁에는 아내가 하교시켰다. 이렇게 빡빡한 학창 시절을 보내게 한 부모를 지훈이는 원망 한 번 안 했다.

지나고 보니 아이에게 욕심을 부렸던 바짓바람 강했던 아버지였음에도 지훈이는 지금까지도 내게 외고를 보내주셔서 감사하다고만 했다.

내가 못 이룬 것을 대리 만족하기 위해 지훈이에게 강요하면서 무리하게 지침을 준 것도 많았지만 잘 따라준 아들이 그저 고마웠다.

다만 학사 장교로 가기를 원하는 나의 의사를 조용히 거부하며 카투사에서 복무한 것이나, 공무원으로서 공직생활을 10년 정도는 해보기를 원하는 나의 뜻과 다르게 고시 공부를 접고 현재 자신이 선택한 일반 회사에서의 삶을 개척하는 모습을 보면서, 더는 품 안의 아들이 아니라는 사실을 곱씹게 되었다.

캐나다에서 5학년 때 잘못하여 종아리를 때리고, 입에 들어간 음식은 속으로 넘기라고 강요해 문제 있던 음식을 섭취하느라 체한 적이 있어 지금도 생선을 잘 못 먹는 트라우마도 심어준 아버지.

그렇게 나름 독불장군인 면도 있었지만 아들은 여전히 다른 집 아들들과는 다르게 아버지인 나를 무척이나 좋아한다. 그 이유는 무엇일까? 물어보니 이렇게 말했다.

"역설적이지만 일찍 할아버지가 돌아가셔서 그런지 아버지의 사랑은 학습된 것이 아니라 본심 그대로의 진심이 담뿍 있다고 해야 할까요? 정말 저희에게 최선을 다한 것을 저는 알아요. 물론 자식 입장에서 아버지가 때로는 짜증도 나고 아빠는 왜 이렇게 다른 이상적인 아버지처럼 하지 못하실까? 하는 순간들도 많았지만 생각해 보면 '아빠도 아빠가 처음이다'라는 말처럼 실수나 부족한 부분에 대해 진심으로 인정하고 미안해하셨던 부분이 제게 크게 와 닿았어요. 어느 집 아버지가 그렇게 쉽게 인정할 수 있었을까요? 오히려 배운 적이 없는 아빠 노릇을 진심으로 고민하고 저희 자녀들에게 많은 부분을 해주려고 심적으로든 물적으로든 최선을 다하시니 관계가 나빠질 수가 없었다고 생각해요."

아들의 말은 내 마음을 뒤흔들었다. 고마웠다. 그리고 미안했다. 지금 나이가 들고 보니 나는 이제야 내가 한 실책이나 오판들이 이해된다. 하지만 당시에는 나름 최선의 플랜을 짰다고 자부했었다. 그 계획들이 당장 행복한 것인지, 앞으로 행복할 것인지에 대한 고찰이 부족했을 뿐이다.

결론적으로 당장의 삶은 나름 힘들게 만들었지만 먼 미래를 보고 달렸던 면이 없지 않았다.

이번 여행에서 지훈이도 단기행복과 장기행복을 어떻게 분별할 것이며 계획할 것인지 많이 성찰하길 바란다고 말해 주었다.

유한한 삶을 충실하게 살아서 계획했던 10년 후의 너의 모습, 20년 후의 너의 모습, 30년 후의 모습으로 잘 살아가는 것이 진정한 행복이라고 말했다.

"너의 지금 인생 단계에서 어느 정도 준비가 되었다고 생각한다면 다음 스텝으로 바로 진행해야 해. 큰물에 나가기를 바란다. 계속 네가 머문 작은 웅덩이에서의 작은 성공에 안주하면 안 된다."

이번 여행을 통해 나 역시 아버지라는 위치를 더욱 성찰하게 되었다. 아들이 더 나은 내일을 위해 이번 여행을 통해 더 많은 계획과 꿈을 정리하는 만큼, 나 역시 내 후반부 인생을 위한 고민의 시간으로 삼았다.

아직 나는 가야 할 오르막길이 더 많이 남아 있다고 생각한다. 남들이 뭐라 하든 내가 오르고 싶은 정상도 아직 무수히 많다. 찬찬히 무소의 뿔처럼 흔들림 없이 가게 되면 어디라도 오르지 않을까…. 여전히 나는 꿈꾼다.

'선택과 집중'도
경험이 필요하다

"지훈아,

'선택과 집중'은 아버지가 삶을 살아가면서 체득한 생의 황금률이야.

한번 선택했다면 미련 없이 그것에 몰두하고 모든 능력치를 퍼부어야 해.

그리고 내가 내 시간을 지배하는 주인이 되어 계획적인 시간 관리를 통해

삶을 일궈야 해.

선택한 결과에 책임을 질 수 있어야만 진짜 제대로 된 독립적 사람이라

말할 수 있어."

어느 시인의 "지금 알고 있는 걸 그때도 알았으면 얼마나 좋았을까?"라는 안타까운 말은 아마도 인간이라면 많이 내뱉은 탄식일 것이다.

절대 경험하지 않으면 모르는 진리들이 이 세상에는 너무도 많다. 아무리 먼저 지나간 자들이 그 진리와 지혜를 전해 주고자 발버둥쳐도 받아들이는 후대들이 감흥 없이 듣고, 적용할 생각조차 안 한다면 결국 무용지물일 뿐이다.

그런 의미에서 이번 자전거 여행은 말로 퍼부으면 그냥 흩어질

교훈들을 몸으로 마음으로 절로 체득한 시간이었다.

지훈이의 말을 들어보니 "여행 전에 계속 공부한다는 핑계로 몇 년간 운동을 제대로 한 적이 없던 자신이 서울에서 부산까지 자전거를 타고 무사히 끝마칠 수 있을까?" 처음에는 매우 걱정했다고 한다.

여행이 끝난 후 지훈이는 '역시 세상에 안 될 일은 없구나!'라는 생각을 하게 되었다고…. '국토 자전거 종주 여행까지 완수했는데 다른 것들쯤이야!'라는 자신감이 샘솟았다고 한다. 그 자신감이야말로 바로 성장의 증거일 것이다.

이번 여행에서 아버지로서 미처 몰랐던 지훈이의 생각들이나 꿈을 많이 알게 되었다.

건축, 호텔 관리, 주변 환경, 커피숍, 인간의 심리, 신체 건강, 호기심, 생각을 정리하는 방식 등등 아들이 건네는 이야기를 들으면서 정말 함께 여행을 오기를 잘했다는 생각이 들었다. 그리고 내가 '아들에 대해 잘 모르는 부분도 많았구나'라는 깨달음도 가졌다.

아들의 이야기를 들으면서 나는 꼰대의 구닥다리 같은 노파심이나 감수성 떨어지는 조언을 퍼붓지 않으려 많이 참아야 했다.

하지만 아들은 젊은 만큼 몸으로 직접 체험한 경험치가 부족한 것이 사실이다. 살아오면서 이룬 삶의 지혜를 바탕으로 건네는 아버지의 말 속에는 분명 세월 속에서도 쉽게 변하지 않는 가치들도 있을 터였다.

나는 아들에게 언제라도 시간이 되면 진정 행복한 삶을 살기 위해 지훈이가 하고 싶은 일들을 노트에 적어보라고 말했다. 생각한 만큼 보인다고 지훈이가 생각하고 있는 것들을 잘만 정리해도 후일 실행하기에 훨씬 수월할 수 있기 때문이다.

나는 지훈이에게 '성공'이 무엇이냐고 물었다.

지훈이는 "폼 나고 멋지게 살면서 좋은 집과 명품으로 가족들과 여행 다니면서 살아가는 것"이 성공의 본체인 것처럼 말했다. 아들의 이야기는 지금 사회에서 독립해야 할 시기를 맞이했기에 가장 필요한 경제력에 모든 초점이 맞춰져 있었다

물론 틀린 말은 아니다. 1차적으로 의식주 해결이 되어야 명예와 품격을 지키면서 폼 나게 살고 그 이후에는 차원 높은 경지로 향할 수 있는 것이 사실이다.

지훈이가 경험과 시행착오를 통해 어느 정도 경제적 자립을 이룬 다음에는 진정 하고 싶은 것을 찾았으면 좋겠다. 나는 지훈이가 이 사회를 진화시키는 사람으로 살아가는 것이 성공이라고 여기기를 바란다. 정치인, 사업가, 사회사업가, 교육가 등의 직업을 가지면 그 성공의 길에 더 가까이 갈 수 있을 거라 생각한다.

내가 지금 쓰고 있는 책의 구상에 대해 가장 먼저 들려준 사람도 지훈이었다.

'과거의 나, 현재의 나, 미래의 나'를 집필하면서 과거를 성찰하고 그 과거를 바탕으로 오늘의 나를 그리며, 현재의 나를 바탕으로 미래의 나를 설계하고 있다는 것을 말해 주면서 '성공'의 관점을 조금 달리할 것을 아들에게 권했다.

지훈이에게 오직 돈만을 좇다 보면 오히려 돈이 달아날 수 있다는 점을 분명히 했다. 그 말은 돈이 중요하지 않다는 소리가 아니다. 돈 때문에 다른 중요한 가치들을 제쳐두고서 행동하지는 말아야 한다는 것을 말하는 것이다.

돈을 위해 편법과 부조리함을 선택하면 인생에서 언젠가는 대가를 시불해야 한다. 우리 사회에는 그 뼈저린 대가를 치른 사례가 너무 많다.

돈만 많으면 그저 단순히 돈부자에 그칠 뿐이다. 내가 생각하는 부자는 자신이 도전할 좋은 선택지를 많이 가지고 있는 사람이다. 그리고 좋은 선택을 끝내고 몰입과 집중을 한 경험을 많이 가지고 있는 사람이야말로 부자라고 생각한다.

우리 인간은 평균 하루에 365번의 선택을 하면서 살아간다고 한다. 즉 인간은 매 순간 선택의 기로에 직면하는 것이다. 무엇을 먹을까 하는 고민에 대한 선택부터 직업, 결혼, 주택 구입 등등 큰 인생의 선택들도 있다.

내가 지금까지 스스로 한 선택 중 잘한 것은 군 입대였다. 한국 남자라면 으레 가야 하는 군 입대였는데 일반 군인으로 가면

3년 미만이고 장교로 가면 4년이라는 장기복무를 해야 했다. 하지만 나는 장교의 길을 선택했다.

그리고 좋은 선택 중 또 하나는 아내와 결혼한 것이다. 안정적인 셀러리맨에서 사업가로 변신한 것도 좋은 선택 중 하나이다.

물류 창고를 아내에게 설립해 줘서 우리 집안의 경제적 가치를 유지하게 한 것도 괜찮은 선택이었다. 사업 아이템을 선택한 후, 아니라는 생각이 들면 과감히 철수한 것들은 신의 한 수와 같은 선택이었다. 중국에서의 호텔과 요식업도 그렇고 5년을 준비하고 10년 동안 경영을 이어간 기록물 보관 관리사업, 최근에 철수한 사무환경 개선을 위한 파피루스 관련 사업들을 접은 것은 좋은 선택이었다.

물론 좋은 선택만 있는 것은 아니었다. 나의 천직이었던 통신 네트워크 건설 관련 사업을 조금 더 현명하고 빠르게 결정하였다면 국내를 넘어 글로벌 회사로 성장시켰을 것이라는 아쉬움은 아직도 내게 크게 남아 있다.

좋은 선택들이 성공한 나를 만들 수 있다. '도전'을 선택하고 '성실'을 선택하고 '사랑'을 선택하고 '열정'을 선택하고 '선함'을 선택하는 것이다. 그리고 선택한 대로, 마음먹은 대로 세상은 이뤄지는 법이다.

요즘 내가 사진에 한창 빠져 있다. 향후 '인생은 선택이며 선택은 곧 인생'이라는 주제를 가지고, 길을 소재로 한 사진전을 열어 선택에 관한 생각들을 전시할 계획이다.

처음에는 뭔가를 선택하는 것이 힘들고 어려울 수 있다. 하지만 막상 해보면 그다지 어렵지도 않거니와, 그 선택의 결과에 대한 결과 즉 행복과 굴곡에 대한 책임도 본인의 뜻인 것이다.

모든 것은 스스로 어떤 삶을 선택하느냐에 달려 있다. 선택을 통해 많은 것을 바꿀 수 있다.

이제는 그저 그런 선택, 무의미한 선택, 나쁜 선택을 자신의 인생에서 걸러야 한다. 물론 더 좋은 선택, 위대한 선택을 한다고 해서 내 삶이 하루아침에 달라지지는 않을 것이다. 하지만 더 좋은 신택으로 미세하게 더 좋은 하루하루가 쌓여가면서, 언젠가는 훨씬 더 나은 인생 속에서 살게 되지 않을까?

선택을 옳은 것으로
만드는 법

"지훈아, 후회는 절대 선택하는 순간에는 잘 오지 않아.

오히려 선택하지 못한 이후에 오는 거지.

그러니 선택은 신중하게 하되, 만약 선택했다면 후회 없이 돌진해야 해.

절대 그 선택을 후회하지 마.

결과가 어떻든 간에 선택한 바로 그 순간에는 최선을 다해 결정한 거니까.

다만 그 선택이 나쁜 경험이 아니라 좋은 경험이 될 수 있도록 선택한 이후

엔 그 선택이 옳은 것이 될 수 있도록

네가 더 노력해야 해."

많은 사람이 인생을 살면서 많은 선택의 기로에 선다. 그리고 훗날 자신이 한 선택에 대해 '정말 잘했다!' 만족하기도 하고 '왜 그랬을까?' 후회하기도 한다. 그런데 나는 될 수 있으면 어떤 선택이든 후회하지 않으려고 노력하는 편이다.

우리나라 부모들은 자녀들에게 선택하는 방법에 대해서 잘 가르치지 않는 것 같다.

뭔가를 잘 선택하는 것은 살아가면서 매우 중요하다. 기회비용

도 따질 줄 알아야 하고, 다소 기회비용이 들더라도 나름 의미가 있다면 무모하거나 모험적인 선택도 과감히 할 수 있어야 한다.

그리고 선택한 것은 절대 후회해서는 안 되고, 그 결과도 스스로 감수할 수 있어야 한다는 것을 배울 필요가 있다.

분명 인간은 좋은 선택도, 나쁜 선택도 살면서 충분히 할 수 있다. 신이 아닌 이상 선택의 대상이 가지는 미래 가능성이나 속성을 제대로 아는 이는 드물기 때문이다.

사실 모든 것을 아는 상태에서의 선택은 선택이 아니다. 그냥 '확정'일 뿐이다. 스스로 인간임을 인정하고, 스스로의 선택이 실패를 가져오더라도 후회하지 말아야 한다. 선택했다면 그 선택을 옳은 것으로 만드는 일만 남았다고 생각해야 한다.

만약 실패했다면 비록 지금 실패했어도 실패를 통해 또다시 같은 선택을 시도해 볼 가치가 있는지 점검하여 성공을 위한 밑거름으로 삼아야 한다. 선택이 나쁜 결과를 불러일으켰더라도 그 선택이 나빴기 때문이 아닐 수 있다. 실패가 거듭되더라도 후회하고 자책만 하지 말아야 한다. 실패는 성공의 밑거름이라는 말은 절대 입에 발린 말이 아니다. 어떤 선택이든 내게 뭔가를 깨닫게 해주는 법이다. 선택하는 경험을 많이 해본 사람들은 성장이 빠르다.

지훈이도 잘 알다시피 2017년 10월부터 2019년 10월까지 약 2년의 시간은 나의 암흑기이자 우리 가정의 암흑기라 해도 과언이 아니었다.

기록물 관리사업인 문서지기 회사를 글로벌 회사로 성장시키겠다고 5년을 준비하여 10년간 내 모든 역량을 집중하여 험난한 길을 무수히 헤쳐 나갔고, 마침내 국내 정상을 앞에 뒀을 시점에 암초를 만나버렸다.

글로벌 세계 1위 기업이 국내 진입을 확정한 것이다. 경쟁 초입 시기에 자본, 영업력, 조직력을 비교 분석한 결과 이길 수 없는 큰 장벽이라고 판단하여 글로벌 회사에 사업을 매각할 수밖에 없었다.

그 충격으로 인해 극심한 우울증을 앓았다. 삶의 좌표를 잃고 하루 24시간을 이불 속에서 지냈다. 그 시간이 자그마치 18개월이었다. 내가 먹는 우울증 약의 농도는 점차 강해져만 갔다. 밥도 하루 한 끼 먹고 세수도 하지 않았으며 휴대폰 전원은 OFF 상태였다. 사회와의 소통이 불가능한 상태였고, 집안 분위기는 나날이 최악으로 치달았다.

하지만 어느 날, 이렇게 누워 있을 수만은 없다는 생각이 번쩍 들었다. 국내 100대 명산을 탐방하기 시작하여 67개 산을 다니면서 몸과 마음을 회복할 수 있었다. 마침내 정상 상태로 사회에 복귀했다. 이때 내가 깨달은 것은 1년 6개월 동안의 칩거 시간이 결코 쓸데없이 낭비한 기간이 아니라는 사실이었다.

10배는 나를 성장시키고 나를 성찰하게 만드는 시간이었다.

경험을 통해 인간으로서 많은 것을 배우고 깨닫는다. 그런 과정을 통해 점점 성숙해진다. 죽지만 않는다면 좀 아파하는 것도 나쁘지 않다고 생각한다. 1년 6개월의 아픔으로 10배의 자기 성찰 기회를 가질 수 있었고 그로 인해 16년의 삶이 연장될 수 있었다. 아마도 평범한 삶을 살았던 이들에 비해 짧은 시간 깊은 성찰을 했다는 의미가 아닐까? 아픔도 하나의 좋은 경험으로 만들면 그만인 것이다. 좋은 것이든 나쁜 것이든 아픈 것이든 경험은 유용하다.

경험은 시야를 넓혀준다. 좋은 경험과 그렇지 못한 경험 모두 사물을 여러 각도에서 두루 살펴볼 수 있게 한다.

경험은 타인을 이해하게 해준다. 그만큼 많은 사람과 다양한 사람을 접하게 된다. 많은 사람과 교류하다 보면 상황마다 자동적으로 생각할 수 있다. '이런 상황에서 이 사람이 이렇게 생각하고 행동할 수 있구나'라고 알게 해준다.

경험이 복합적으로 얽히고설키면서 타인에 대한 이해도가 높아지는 것이다. 경험은 세상을 이해할 수 있게 만든다. 다양한 경험이 모여 복합성을 이루게 되면 사회의 흐름이나 인간의 본성 등을 이해할 수 있게 된다.

경험은 스스로를 이해하게 한다. 다양한 경험 속에서 그만큼 다양하고 많은 피드백을 받게 된다. 내가 받아들이기엔 다소 불편하고 화가 날 피드백도 있을 수 있다.

선택한 이후 생기는 결과에 대해 성공 또는 실패라는 이분법의 잣대를 들이대서는 안 된다. 실패는 성공을 위한 전 단계라고 생각해야 한다.

실패는 곧 끝이 아니다. 약간 늦는 것일 뿐이다.

선택이 실패의 경험이 되어도 그것에서 지혜를 배우기만 하면 된다. 실패의 경험을 앞으로 도전하지 않을 이유로 삼아서는 절대 안 된다.

미련한 사람들은 단 한 번의 실패로부터 미래에 대한 방향을 절망적으로 설정한다. 단 한 번의 경험으로 그것이 마치 진실인 양 살아가는 모습이야말로 실패자의 전형이다.

지나간 선택에 대한 후회는 얼핏 보기에는 반성 같기도 하고 스스로에 대한 경계 같기도 해서 뭔가 유용한 듯 느껴지지만 사실은 그렇지 않다. 지나간 선택에 대한 후회의 심리는 현재와 미래에 구체적으로 행동을 취해야 할 마음의 힘까지 빼버린다. 결국 해야 할 것을 하지 않고 후회만 하게 만들 뿐이다.

보통 과거에 내린 그 선택에 대해 뭔가 다른 더 최선의 선택, 최상의 선택이 있었을 것이라는 생각은 하등 쓸모없고 비효율적이다. 지금에 와서 돌아보면 그런 것들이 보일 뿐.

그러나 분명히 말하건대 그건 환상이다. 지금 새롭게 포착되는 좀 더 나은 선택은 현재와 미래에 적용될 수 있는 것이지, 이미 지나간 과거로의 적용은 불가능하기 때문이다.

유한한 인생을 실패했다는 후회만으로 허비하기에는 아깝다.

앞으로 좀 더 지혜롭고 효율적인 선택을 할 수 있도록 스스로 단단하게 다지면 될 일이다.

그렇다면 어떻게 하면 좋은 선택을 할 수 있을까?

직장을 다니는 조직원으로서나 사업가로서 내가 평생 느낀 것은 앉아서 생각만 하는 사람은 직접 몸으로 부딪치며 일을 해보고 머리를 맞대 분석하면서 준비한 사람을 결코 이기지 못한다는 사실이다.

간접경험보다는 직접경험을 많이 하면 좋은 선택을 한 가능성이 높아진다. 운이나 요행을 바라지 말고, 책으로 이론만 익히는데 그치지 말고, 직접 많은 경험을 통해 뭔가를 성취해야 성공에가까이 다가갈 수 있다.

간접경험은 머리로는 이해가 되는데 마음으로는 완전히 이해가 안 될 때가 많다. 그 상황에서 일어나는 감정의 미묘함은 표현해 낼 수 없다.

내가 보기에 요새 젊은이들은 도전하기를 회피하는 것이 아니라 두려워하는 것처럼 보인다.

정말 열심히 '내 일'처럼 하고, 궁극적으로 내 사업을 하겠다는 마음을 가져야 사업도 성공할 수 있는 것이다.

삶은 여러 선택으로 이뤄진 총체이다. 선택 하나하나가 인생의 모든 것을 바꾼다. 오늘의 내 선택이 내일이라는 구조물을 쌓는 벽돌 하나인 셈이다. 그런 선택 하나하나가 쌓여 인생이라는 건축물이 완성되는 것이다. 즉, 인생은 여러 선택으로 이뤄진 총체이다.

보기에 거창하고 빛나는 선택만 좋은 선택이 아니다. 작은 선택도 중요하다. 톱니바퀴도 크고 작은 바퀴들이 서로 맞물려서 돌아가는 것이다. 작은 선택들이 성공해야 큰 선택들도 탄력을 받아 성공할 수 있다.

더 좋은 삶을 살고 싶으면 지금 당신이 할 수 있는 제일 좋은 선택을 하라!

중요한 것과 시급한 것이 있다면 중요한 것을 선택하라. 우리는 대부분 시급한 일에 치여 중요한 일을 계속 미루는 삶을 산다.

중요한 일을 할 때는 즉시 신속하게 시작하되 진행할 때는 절대 서둘러 핵심적인 것들을 빠트리는 우를 범해서는 안 된다.

아들과
함께 떠난
가장 아름다운
이별을 위한 동행

둘

인생 라이딩 2일차

**"오르막길을
만나면
가속하라"**

인생은 생각보다 짧으니, 달려라!

"지훈아, '빠삐용'이라는 영화에 주인공이 사후 심판에서 유죄선고를 받는 장면이 있어.

거기서 가장 큰 죄목은 살아 있을 때 인생을 낭비한 죄라는 대사가 나와.

주어진 인생을 충실히 살지 못하고 어영부영 낭비하는 것이 죄가 될 수 있다는 뜻이야.

절대 되는대로 살지 마.

짧은 인생 충만하게 살기 위해서는 늘 나 자신이 어떤 사람인지 끊임없이 질문하고, 어떤 인생을 살아갈 것인지, 어떤 삶의 희망이나 목표를 추구할 것인지 끝없이 생각해야 해.

생각해도 될까말까인데 생각 없이 살면 과연 인생은 어떻게 될까?"

`6월 21일 07:00` 하루 잘 쉬었는데도 첫날 달리면서 생긴 허벅지와 종아리 통증으로 나와 지훈이는 끙끙거리며 일어났다. 충분한 스트레칭으로 풀어주지 않으면 큰일이 날 듯싶어서 한 10여 분을 계속 체조를 했다.

달리는 도중에 뒤가 허전한 것이 배낭을 호텔 로비에 내려놓은 것이 생각이 나서 3~4km를 유턴하여 다시 호텔에서 배낭을 가지고 왔다.

호텔에서 조식을 먹지 않고 다음 코스로 목적한 여주 강천섬 게스트하우스로 바로 출발했다. 상쾌한 아침 바람을 가르며 달리는 사이에 어느새 욱신거림도 풀어지고 다시 힘이 차오르는 느낌을 받았다. 오히려 근육이 긴장하면서 찌릿찌릿한 것이 시원한 느낌마저 들었다.

6월 21일 08:00 드디어 강천섬 게스트하우스에 도착했다. 약간 달려왔는데도 금세 목덜미가 땀으로 흥건했다. 아침으로는 해장도 할 겸 라면을 먹었다. 그리고 38번 국도가 통과하는 목계대교 아래에서 잠깐의 꿀맛 같은 휴식을 취했다. 저 멀리 녹음이 짙은 목계솔밭이 보였다. 강변의 수목들이 무척 아름다웠다. 다리와 나무들이 어우러진 실루엣을 보니 사진으로 담고 싶은 마음이 절로 들었다. 이곳은 원래 좋은 사진 포인트들이 많은 곳으로 유명했다. 가을에 풍경이 좋은 곳으로 정평이 나 있는 곳에서 우리도 몇 장 찍었다.

여주 썬밸리

배도 부르고 마냥 쉬고 싶은 생각이 간절했다. 하지만 이런 유혹을 떨쳐내고 목적지로 향했다. 쉼이 삶의 전부는 아니다. 달릴 때 달려야 하는 것도 삶이며 삶의 연속이다.

자전거는 몸의 균형을 유지한 채 두 다리로 페달을 계속 밟아 바퀴를 움직인다. 두 바퀴로 구성된 자전거를 탈 때 중심을 잃거나 페달을 밟지 않는다면 곧 옆으로 쓰러지고 만다. 쓰러지지 않기 위해서는 적정 속도로 가속해 달릴 필요가 있다.

우리들의 인생에는 속도가 있다. 너무 빨리 달려도 안 되고 너무 느리게 달려도 안 되는 인생의 속도 말이다. 과속을 하여 목표지점에 다다르려면 그만큼 위험도 따르게 되고 얻는 것만큼 잃는 것도 많게 된다.

한편, 너무 느리게 달리다 보면 목표지점에 다다를 수가 없게 되고 뒤를 돌아다볼 기회도 없을 것이다.

그렇다면 과연 어느 정도의 속도가 인생의 속도로 알맞은 것일까? 모든 구간에서 일정한 속도를 유지해야 할까?

사실 인생 발달 단계에서 삶의 행로마다 이뤄져야 하는 구간 속도는 모두 다르다. 순간 순간마다 펼쳐지는 대자연의 아름다운 풍광을 즐길 수도 있어야 하고 장면 장면마다 펼쳐지는 인생의 묘미를 향유할 수 있는 그런 인생의 속도를 즐기는 구간도 있어야겠지만, 가끔 치고 달려 나가야 하는 단계도 분명 갖고 있다.

도대체 언제, 어디의 인생 구간에서 가속도를 붙여 살아야 할까. 대부분 비슷할 항로이지만 입시를 향해서도 그렇고 취업 시기도 그렇고, 목표한 사업을 완성하기 위해서 노력하는 시기가 아마도 가속도를 붙이는 구간일 것이다. 목적의식을 뚜렷하게 갖고서 달리는 시기이기 때문이다.

한번 가속도가 붙으면 그리 힘들지도 않다. 열심히 반복하다 보면 숙련되어 점점 빨라지기 때문이다. 목적의식을 가진 데다가 노력도 곁들인다면 성공을 안 하는 것이 더 어려울 것이다. 늘 반복하고 오래하면 할수록 피드백을 자주 받게 되고, 그러다 보면 어느새 숙련된 장인으로 변모할 수도 있다.

하지만 대부분의 사람은 난관에 부딪히면 '왜 내가 이걸 해야 되지?' 하고 목적의식을 잃어버린다. 시간이 지날수록 자신이 편한 쪽으로 생각하고 편한 쪽으로 행동하여 자기 자신의 삶을 수수방관한다.

의식적으로 목적의식을 내 머릿속에 각인시키며 늘 생각하고 있으면 남들 눈에는 다소 무모하게 보여도 그것을 향해 달려 나갈 동력을 얻고 결국 뭔가 하나는 인생에 족적을 남기는 법이다.

나는 지훈이에게 이런 것을 알려주는 훌륭한 멘토가 되고 싶다. 내가 생각하는 멘토는 이런 목적의식을 심어주는 사람이다. 물론 무모하게 수단과 방법을 가리지 말라고 독려하는 멘토는 진정한 정신적 스승이 아니라 잘못된 길로 인도하는 사람이다.

가속도는 모든 일을 하다 보면 붙게 마련이다. 일하는 속도도 깊이도 점점 빠르고 점점 깊어진다. 많이 하다 보면 깊이가 생기고 그런 과정에서 멀리 보는 시야가 생긴다. 소위 말하는 문리文理가 트이는 것이다.

그런데 많은 사람이 목적의식을 잃고 신경 써야 할 가속도를 잊고 산다. 나는 많은 굴곡이 있었음에도 젊었을 때도 지금도 아무 의미도 없이 어정쩡하게 보낸 시간이 거의 없다.

항상 내가 무엇을 원하는지, 어떻게 할 것인지를 질문을 던지며 달리는 스타일이다. 남이 아닌 자신의 인생을 살기 위해서는 이렇게 자문자답을 생활화해야 한다.

후회 없는 인생을 살기 위해서는 시간을 잘 관리해야 한다. 세상에는 돈과 재물을 제대로 쓰는 사람이 많지 않은데, 시간을 제대로 쓰는 사람은 그보다 더욱 적다.

시간을 제대로 쓴다는 것은 재물을 제대로 쓰는 것보다 몇 배나 더 중요하다. 1분을 우습게 아는 자는 반드시 1분 때문에 울 수밖에 없다.

시간 관리에 있어, 평소 계획을 세우는 것만큼 좋은 방법이 없다. 누구에게나 똑같이 주어진 24시간이지만, 어떻게 계획하고 짜임새 있게 활용하느냐에 따라 모두에게나 다 같은 24시간이 아니다.

1분, 1초라고 해서 우습게 여겨 흘려보내다간 하루에 몇 시간을 허비하게 된다. 그리고 그것이 1년 동안에 쌓이게 되면 엄청난 시간을 낭비하는 결과를 빚는 것이다.

물론 인간이 늘 분초를 다투고 무조건 속도를 내어 달리는 것만이 능사가 아님을 잘 안다. 그렇게 살기만 하면 재미도 없고 여유도 없다. 인간은 로봇이 아니다. 하지만 적절한 시점에서는 가속도를 내어 달려야 한다. 틈틈이 느슨히 속도를 풀어 쉬는 것도 그렇게 바빠야만 더 꿀맛인 법이다.

목계대교 밑에서의 휴식은 한 30분 만에 출발을 서두르는 나로 인해 금방 마무리됐다.

충주시 장천리 목계대교 아래

네가 만난
오르막길을 파악하라!

"지훈아, 자신이 떠나고 있는 길을 잘 파악하는 것은 매우 중요하단다.

지금 네가 선택한 인생의 길이 있어. 그 길을 열정과 호기심만 믿고 아무런 준비 없이 나섰다가는 큰코다칠 수가 있어.

자전거 선수들도 제일 먼저 코스 파악을 위해 도보 답사를 하고, 수백 번의 연습 주행도 한다고 하더라.

코스를 파악할 때도 대충 하는 것이 아니라 자신의 실력 70%까지는 쓰면서 파악해야 해.

코스의 난이도에 따라 어떻게 탈 것인지 계획을 세우고 그 코스를 통과하는 이미지 트레이닝까지 한대.

네가 목적한 길을 가기 위해서 너는 얼마나 공부하고 사전 조사를 했니?

잊지 마. 정복에 앞서 공부는 필수 중의 필수야."

<u>6월 21일 12:00</u> 충주시 한성 감로정에 도착했다. 여기에서 점심으로 막국수를 먹었다. 그리고 약간 소화를 시키면서 지훈이와 이런저런 이야기를 나누었다.

현재 지훈이는 모 회사 인턴사원으로 입사를 앞두고 있다. 아무래도 요새 MZ세대들이 조직원으로 편입된 후 몇 년도 지나지 않아 쉽게 퇴사하는 '대퇴사 시대'인 만큼 사회생활에 잘 적응하기를 바라는 노파심이 들었다.

지훈이에게 넌지시 입사를 앞둔 심정을 물었다. 오랫동안 이 회사 입사를 준비했기에 지훈이는 입사 후 많은 것을 배우려고 노력할 것이라고 대답했다. 하지만 이상과 현실이 달랐을 때 어떻게 할 것인지에 대해서는 아직 생각 중이라고 말했다.

내가 회사에 입사했던 산업화 시대에서 중요했던 '평생직장', '가족 같은 회사'라는 개념은 요새 거의 사라졌다고 본다. 지훈이가 직장에 오래 머물고 싶은 생각이 들만큼 매력적인 파이를 회사에서 빨리 찾기만을 바랄 뿐이다.

6월 21일 13:30 다시 출발했다. 아직은 난코스가 없어서 편안히 주행했다. 자전거 종주 여행을 기획하면서 인터넷으로 그리고 지도상으로만 코스를 살펴본 것이 전부였다.

사실 자전거 선수들은 경기연습을 하기 전에 반드시 거치는 중요한 과정이 있다. 바로 '도보 답사'라고 한다.

인생과 자전거 타기를 비교하여 많은 대화를 나누면서 나의 생각을 지훈이에게 전달하였다.

걸어서 코스를 살피면 자전거를 타고 지나가 버려서 놓칠 수 있는 작은 부분까지 완벽하게 파악할 수 있다. 흙과 바위를 만져 보면서 얼마나 미끄러운지 확인하고, 난이도가 높은 코스 앞에서는 안전하면서도 빠른 라인을 설정하기도 한다.

지형과 지면을 고려하여 최적의 타이어를 선택하고, 주행성과 접지력을 고려한 타이어 공기압을 설정한다. 이렇게 조사하듯이 사람들도 자신이 그리고 있는 미래의 인생길을 걸어 나가기 전 먼저 공부를 할 필요가 있다.

→ 그 길을 가기 위해 준비해야 할 것은 무엇이고 진입한 다음, 성공을 위해서는 무엇이 필요한지를 따져봐야 한다. 관련 업계 사람들을 만나 정보도 듣고 해당 분야에서 직·간접 경험도 해 봐야 한다.

코스 파악을 위한 연습 주행을 할 때도 자신의 경험이 부족하다는 것을 인정해야 한다. 그리고 여러 번 연습을 하면 통과할 수 있을 것이라는 긍정적 사고를 가져야 한다. 주행하며 코스의 구간별 지형과 굴곡율을 비롯한 전체적인 코스를 숙지하여 머릿속에 코스의 전체 모습을 확실하게 그린다.

→ 인생 교훈으로 바꾸어 보면 우리 역시 자신이 하려는 일의 프로세스 전체를 머릿속에 그릴 줄 알아야 한다.

하지만 코스 숙지 전의 무리한 주행은 사고를 일으킬 수 있다. 아예 컨디션에 지장을 주고 최악의 경우에는 경기에 출전조차

할 수 없는 일이 생길 수 있으므로 주의해야 한다.

→ 너무 과욕하지 말라는 소리이다. 실전에 들어갈 때를 대비하는 워밍업 정도여야 하지, 미리 번아웃이 될 정도로 할 필요는 없다.

안장 높이도 잘 맞추어야 한다. 핸들 높이도 잘 맞춰야 덜 피로하다. 자전거를 내 몸에 적절하게 맞추고, 바른 자세를 유지하며 타는 것이 중요하다.

→ 건강한 심신을 유지할 수 있도록 주변의 상황들을 잘 세팅해야 한다.

자전거를 타기 전 편안함을 중심으로 자신의 몸에 맞게 자전거 피팅을 하는 것이 중요하다. 안장과 핸들을 어느 한쪽으로 치우치지 않도록 하고, 핸들 바를 조율해 편안한 자세로 라이딩을 해야 한다.

→ 자신이 정복해야 할 목표점을 잘 가기 위해 이렇게 철저한 준비와 가속을 할 수 있는 최적의 컨디션을 갖춰야 한다.

건강한 인생 라이딩을 위해서는 부상을 조심해야 한다. 부상의 대부분은 시야를 확보하지 못해 넘어지거나 부딪쳐서 생기는 골절이나 인대 손상이다. 헬멧이나 보호대 같은 안전 장비처럼 완화하는 것을 만들 필요가 있다.

→ 가족이나 지인, 나를 지지해 주는 사람들, 충격파를 최소화할 수 있는 예비적인 금전이 이런 안전방비책이 될 수 있다.

6월 21일 14:00 충주시 단월 카페에서 휴식을 취했다가 다시 출발했다.

6월 21일 15:30 수주팔봉 앞에서 휴식을 취했다.

충주시 살미면 향산리에 위치하고 있는 수주팔봉은 야트막하지만 날카로운 바위로 이루어져 있어 그 위세가 당당하다. 수주팔봉은 문주리 팔봉마을에서 달천 건너 동쪽의 산을 바라볼 때, 정상에서 강기슭까지 달천 위에 여덟 개의 봉우리가 떠오른 것 같다 하여 붙여진 이름이다.

초록의 향연이 일어나고 있는 봉우리는 녹음이 우거져 있었다. 고글을 썼지만 오래도록 주행을 하면 열이 눈으로 몰린다. 수주팔봉의 푸른 기운이 눈을 시원하게 만들어주었다. 기운을 얻어 다시 페달을 밟아 나갔다.

괴산 수주팔봉

오르막길에서는
모든 역량을 집중하라!

"지훈아, 오르막에서는 모든 역량을 집중해야 한단다.

페달을 쉼 없이 힘차게 내저어야 한다. 중단은 넘어짐과 동시에 실패로

귀결된다. 그리고 실패 후에는 더 고통이 가중된다.

그런데 오르막길을 만나서 전력을 다하는 것보다 그 전에 도움닫기로 탄성이

붙은 상태로 올라가면 더 쉽게 올라갈 수 있단다.

그러니 그 전에 충분히 워밍업을 해야 해.

그래야 역량의 100%를 다 퍼부을 수 있어.

최고의 역량은 실전 같은 연습에서부터 나오는 거야."

6월 21일 15:45 다시 길을 나섰다. 다음 휴식지는 충주 수안보 상록수 호텔이
었다. 시원한 커피 한잔이 간절했다. 절로 내 발에 힘이 실려 페달을 힘차
게 밟을 수 있었다.

6월 21일 16:30 드디어 호텔에 도착했다. 우리 둘은 합의를 했다. 한 시간
가량의 휴식 시간을 갖기로 한 것이다. 세면대에서 땀을 닦아내고 커피숍 좌

석에 앉으니 천국이 따로 없다. 이틀째 슬슬 젊은 지훈이의 얼굴에도 피곤기가
어리기 시작했다.

6월 21일 17:30   다시 달렸다. 간간이 오르막길을 만났다.

낯선 주행 코스 중에서도 오르막길은 유독 더 힘들다. 오르막에서는 모든 역량을 집중할 필요가 있다. 페달을 쉼 없이 힘차게 내젓지 않아 바퀴의 회전이 조금이라도 늦어질라치면 넘어질 확률이 그만큼 높아진다. 최고로 밟는 만큼 덜 흔들린다.

자전거가 쓰러지지 않는 메커니즘은 단순하면서도 정직하다.

자전거는 사람의 몸을 엔진으로 써서 움직인다. 그런 자전거가 쓰러지지 않는 이유는 자전거를 탈 때는 두 가지 운동량이 적용되기 때문이다. 첫 번째는 돌진하는 운동 상태를 유지하려는 성향의 운동량과 두 번째는 돌고 있는 운동 상태를 유지하려는 성향의 운동량이다.

이 운동량들은 커질수록 변하는 것을 싫어하는 성향을 가지고 있다. 자전거의 엔진 역할을 하는 사람이 페달을 세게 밟을수록 바퀴는 서서히 빨라지게 되는데 이때 두 운동량이 자연스레 커지고 회전축의 변화가 어려워지면서 자전거가 옆으로 넘어가지 않고 균형을 좀 더 쉽게 잡을 수 있게 안정적으로 만들어준다.

이러한 성질로 인해 사람이 자전거의 페달을 느리게 밟을수록

바퀴의 회전이 느려지고 회전축의 변화는 쉬워진다. 그래서 페달 밟기를 멈추거나 느려지면 외부의 영향에 더 쉽게 노출될 수밖에 없다. 이때 중력, 외부의 압력 같은 더 큰 힘에 대한 충격 등 다양한 요인으로 자전거는 금방 균형을 잃어 넘어지게 된다. 한번 각오를 했다면 끝까지 최선을 다해 페달을 밟아야 한다. 자칫 중간에 힘을 빼면 넘어질 공산이 크다. 잘못 넘어지면 고통도 크고 부상 확률도 높아진다.

페달을 힘차게 밟지만 결국 그것은 페달의 힘이 아닌 나의 발과 팔의 힘이다. 즉, 생각이 행동이 되도록 인간의 의지가 강하게 작용하는 셈이다. 모든 일의 귀결은 사람의 마음에서 비롯되는 것이다.

무식하게 힘만 주는 것이 능사는 아니다. 힘차게 밟는 만큼 영리하게 밟을 줄 알아야 한다. 난코스를 만났을 때를 대비해 자전거로 시작할 수 있는 다양한 기술을 익혀 놓는 것도 좋다. 윌리(앞바퀴를 들어 올리는 기술), 회전, 바니호핑(토끼뜀 점프), 다운힐(급경사로를 빠르게 내려가는 것) 등의 기술은 적재적소에서 유용하게 사용될 수 있다.

하지만 그런 기술만큼 중요한 것이 있다. 바로 '도움닫기'이다. 사전에 속도를 올려야 그 탄성으로 오르막길을 확 올라갈 수 있다. 우리가 향한 행로에 어떤 오르막길을 만났다고 치자. 도움닫기를 하기 위해서 우리는 어떻게 해야 할까. 그 오르막길을 보고 질주하는 것만큼 오르막길 아래에서 워밍업을 하는 것이 중요하다.

누구나 커다란 목표를 꿈꾸지만 이렇게 우리의 일상은 당장 그 높이만큼 도약할 수 없다. 높이 올라가기 위해서는 위가 아닌 아래를 봐야 한다. 그 높이까지 올라가기 위해서는 아래에서 몇십 번씩을 폴짝거려야 되는 것이다.

성공으로 부를 축적한 사람들은 금수저가 아닌 이상 차근차근 자신의 습관을 만들어가면서 노력하고 노력한 결과이다. 그들은 높은 산에 오르는 것처럼 한 계단 한 계단 발밑만을 보고 조심스럽게 걸어 올라간다.

도움닫기는 가속의 힘이다. 달리는 사람의 가속력이 크면 클수록 그다음 동작의 질과 완성도가 결정된다. 내가 어디에 가속력을 가하는가에 따라 내 삶의 질과 완성도가 결정되는 것이다. 내 인생을 연마하고 다듬어가는 손길에 가속력을 내도록 만들기 때문이다.

악한 사람은 악을 향하고 죄를 짓는 데 엄청난 속력을 낸다. 악을 행하는 일에 페달을 가속할 것이고, 빨간 불에 브레이크를 밟아도 멈추지 않고 쭉 달린다. 부를 위해 노력하는 사람은 자산을 축적하기 위한 여러 투자들 중 자신에게 적합한 길에 가속할 것이다.

내 삶에서 지속되는 습관이 내 삶의 가속도를 만든다. 내 삶의 패턴과 루틴을 살펴보자. 어느 방향으로 내 속도를 유지하면 좋을지 세밀하게 따져봐야 한다. 괜찮다면 계속 페달을 가속해야 하고, 아니라면 브레이크를 밟아 감속해야 한다.

나는 어디에 속도를 내고 있는가?

나의 일상에서 계속 반복하고 있는 구간은 어느 부분인가?

삶의 정상에 오르는 사람들은 앞서 선행하는 도움닫기에 실력이 탁월한 사람이 많다. 그들은 매일매일 조금씩 자신의 미션과 기록을 갱신하는 사람이다.

6월 21일 18:30 괴산군 웨스트오프가나안 호텔에 도착했다.

괴산군 웨스트오프가나안 호텔

진입 전
일어서서 페달링하라!

"지훈아, 계속되는 인생의 페달링과 균형잡기를 절대 포기하거나 그만두지 말자.

물론 중간중간마다 적절한 쉼은 반드시 있어야 한다.

갑자기 가속을 하는 것은 너무 힘들단다.

내 삶의 패턴과 루틴을 살펴보며 꾸준하게 페달링을 지속하는 습관을 들이자.

그렇게 해야 가속해야 하는 인생 구간이 나오더라도 쉽게 오를 수 있단다.

마치 기압을 넣듯 팍 일어서서 페달링해보렴.

그러면 정말 두 발에 더 힘이 들어간단다."

`6월 21일 19:30` 먼지와 땀으로 절은 몸을 시원하게 씻고 숙소 앞에 있는 '친 구먹고가세'라는 재미있는 이름을 단 식당에 들어섰다. 저녁 요리로 김치 닭도 리탕을 주문했다. 식당 창가를 통해 뉘엿뉘엿 저물어가는 노을 물든 하늘을 바라보았다. 평온하고 아름다운 광경이었다.

자전거를 어떻게 하면 넘어지지 않고 잘 타는지에 대한 이야기가 나왔다. 지훈이는 페달을 밟는 것만큼 핸들링이 중요하다고 했고, 나는 핸들링보다 페달링이 중요하다고 주장했다.

핸들링이 중요한 것은 맞다. 방향을 잘 설정하는 것은 비단 자전거 타기뿐만 아니라 인생도 마찬가지다. 핸들링은 중심잡기와 관련이 있다. 처음에 뒤에서 자전거를 잡아주며 배울 때 중간에 보조자가 손을 놓으면 그때는 스스로 중심을 잡아야 한다. 이때 보통은 중심을 잡기 위해 자전거가 쓰러지려는 방향의 반대 방향으로 이리저리 핸들을 틀게 된다.

하시반 오히려 자전거가 쓰러지려는 방향으로 핸들을 틀면 더 중심을 잘 잡게 된다. 기울어지는 반대 방향으로 원심력을 받아 똑바로 중심이 잘 잡히게 되는 것이다. 회전이나 브레이크 등으로 기울어지는 차 안에서 우리 몸이 회전 바깥방향으로 힘을 받는 것처럼 느끼는 것과 같은 원리이다.

우리가 살면서 힘든 일을 마주치면 회피하거나 반대 방향으로 물러나는 경향이 있다. 괜히 불안하고 실패할까봐 두려워서 그러는데 오히려 그런 불안감과 두려움을 제거하는 제일 좋은 방법은 바로 그 힘든 일에 아무 생각 없이 뛰어드는 것이다.

페달링에도 원리가 있다. 1시~3시 방향 페달링은 가장 강한 힘을 만들어내는 구간이라고는 하지만 이는 평지에서의 기준이고 경사도에 따라 페달링을 하는 각도는 달리해야 한다.

중요한 것은 크랭크이다. 크랭크가 무엇일까? 훌라후프를 생각하면 쉽게 이해가 될 것이다. 훌라후프가 한 바퀴 돌 때마다 정확한 위치에서 허리를 튕겨주는 테크닉이 있다. 크랭크는 바로 한 바퀴 돌아올 때마다 페달을 밟는 테크닉이다.

안장에 올라 페달만 돌려 앞으로 갈 수만 있다면 자전거를 제대로 탈 줄 안다고 생각하는 사람들이 많다. 그러나 페달링을 제대로 할 줄 아는 사람은 생각보다 적다. 올바른 페달링은 자전거에 효율적으로 힘을 줄 뿐만 아니라 타는 사람의 피로감도 낮춰 더욱 즐거운 라이딩을 만들어 준다.

바른 페달링의 목적은 효율적인 힘 전달에 있다. 하지만 클리트의 정확한 위치를 모르고 기초 없이 페달링을 하면 몸 전반에 무리를 일으킬 수 있다.

많은 라이더들이 자전거를 타기 위해서는 '페달을 밟아야 한다'는 표현을 쓴다. 축구에서 강한 슛을 차기 위해 볼 옆에 발을 대고 정확한 타점을 공략하는 것과 같은 이치라고 한다. 정확한 자세와 원리를 알고 페달링하면 더욱 효율적으로 라이딩을 할 수 있다.

일어서서 페달링을 하면 좀 더 편하게 페달링을 할 수 있다. 그래도 힘이 들 땐 지그재그로 움직이면서 오르면 약간의 힘을 줄일 수 있다.

여행 전 공부한 바로는 자전거는 페달이 80퍼센트, 핸들이 20

퍼센트이다. 페달 100으로만 달리다 보면 자기 아집에 빠질 가능성이 높다. 무계획적으로 방향성 없이 돌진만 하는 형국이다. 그리고 핸들이 100이라면 끊임없이 방향을 돌리면서 오히려 혼돈이 일어나고 진정한 방향으로 가고 있는지에 대한 자기의심에 빠질 수 있다.

이 둘을 적정하게 배분해 달리는 것이 필요하다. 어느 정도 방향을 정하면 그 이후에는 자신의 선택에 걸맞는 추진력을 발휘하는 것이 제일 이상적이다.

이런 자전거 타기를 인생에 비유해 보면 비슷한 점이 많다. 젊었을 때 열심히 배우고 돈을 많이 벌기 위해 열심히 페달링을 해야 한다. 그러면 점점 힘을 빼더라도 그 잔력으로 편안히 남은 인생을 갈 수 있을 것이다. 반면 젊은 시절 천천히 힘을 빼서 전력질주를 하지 않은 상태라면 힘들어질 수 있다.

자전거 타고 언덕을 쉽게 올라가는 방법은 오르막 진입 전 미리 속도를 최대한 끌어올려 언덕에 진입하는 것이다. 일어서서 페달링하거나 지그재그로 움직이면 약간 힘을 줄일 수 있다. 오르막길에서는 가능한 속도가 떨어지지 않게 평지보다 더 빠른 페달링이 필요하다.

언덕의 중간에서 자전거를 타고 출발하려면 속도 내기가 힘들다. 느리지만 오히려 끌고 가는 게 빠를 수도 있다. 몸에 무리를 줘서 안하느니만 못한 결과를 가져다 줄 바에야 과감히 내려서 끌고 가야 한다.

미리 속도를 올리면 탄력성을 받아서 편하게 올라갈 수 있다. 즉, 사전 준비가 잘돼 있으면 쉽게 무슨 일이든 할 수 있는 것이다. 사전에 준비를 잘해야 한다. 기어 변속을 못 하는 자전거면 더욱더, 기어 변속이 되면 미리 바꿔놓아야 한다.

딱 인생이 이와 같지 않은가. 예열하고 준비하는 힘으로 위기를 극복하는 것이 똑 닮았다.

'자유'라는 자원
_돈, 시간, 생각에 대한 단상

"지훈아, 자유는 그냥 얻어지는 것이 아니라 치열한 삶 속에서 쟁취하는 것이란다.

그냥 자유인 것은 방종이며, 양아치들이나 하는 행동이란다.

진정한 자유는 생각하면서 계획하고 실행하고 점검하고 반성하고 재시도하여 생각을 현실로 만드는 것이라고 생각한다.

사는 대로 생각하는 것은 오늘과 내일의 변화 없이 사회의 환경에 휩쓸려 하나의 부속품처럼 그냥 바람 부는 대로 살아가는 것이야.

지훈아, 우리는 생각한 대로 사는 사람이 되자꾸나."

이번 여행은 지훈이와 정말 많은 대화를 나눌 수 있어서 더욱더 좋았다. 이날 숙소 앞에 있는 '친구먹고가세'에서 밤 11시 까지 이야기를 나누었다. 오늘의 주제는 평소 내가 생각하는 '자유'에 관한 것이었다.

'진정한 자유'란 무엇일까. 나는 자신의 일을 스스로 선택할 권리를 주는 것이라고 생각한다. "이걸 해, 저걸 해!"라고 지시하는

친구먹고가세(식당)

것이 아닌, "이런 게 있고 저런 게 있어. 너는 어떤 걸 할래?"라고 선택지를 알려주는 것이다.

자신의 일을 스스로 선택할 수 있는 상태가 '자유로운 상태'인 것이다.

자녀를 한없이 사랑하고 지원하는 만큼 그 자녀의 일상생활이나 진로를 결정할 때 일정 부분 강요할 수 있다고 생각하는 부모들이 의외로 매우 많다. 한때 나 역시 그랬다. 물론 지금은 절대 그렇게 생각하지 않는다. 본능이나 욕구에 현혹되지 않고 이성의 목소리에 귀를 기울이게 되면 자신이 무엇을 해야 하는지, 무엇이 의무인지 자연스럽게 깨달을 수 있다.

그런 깨달음을 따르는 것이 자유이다. 자신이 어떤 행동을 취해야 하는지, 무엇을 해야 하는지, 스스로 끊임없이 질문을 던지는 행위는 당연하면서도 어려운 일이다.

지훈이는 남에게 피해 주지 않거나 즐거움을 주면 '자유', 남에게 피해를 주거나 남의 자유를 침해하면 '방종'이라고 말했다.

맞는 말이다. 책임이 동반되지 않은 자유는 자칫 단순한 방종으로 흐를 가능성이 높기 때문이다. 나는 내친김에 지훈이에게 돈, 시간, 생각의 자유에 대한 아버지로서의 개똥철학도 설파했다.

◑ 돈의 자유

돈을 너무 가까이해서는 안 된다. 돈에 눈이 멀어지기 때문이다. 그렇다고 돈을 너무 멀리해서도 안 된다. 그 이유는 나와 가족들이 많이 불편할 수 있기 때문이다. 자본주의의 본질은 자본을 근본으로 우리 사회의 많은 부분에 구성되어 있단다.

돈이 부족하다면 당장 필요한 것과 원하는 것을 구별해서 사용할 필요가 있다. '돈'이라는 것은 잡으려 하면 도망가고 무시하면 없어진다.

돈이 좋은 것은 사실이지만 절대적인 것은 아니다. 돈의 노예가 되는 순간, 도망가면 잡으려 하고 없어지면 찾으려 한다. 그러나 자본주의 사회에서 관리자의 마인드로 돈에 대한 관점만 달리한다면 돈의 추종자가 아닌 지배자가 될 수 있다.

같은 일을 하면서 지시에 의해 일을 한다면 재미가 없는 것은 물론이거니와 생산성도 현저히 낮아진다. 하지만 지시받은 이 업무가 어차피 내 몫이고 내가 해야 할 것이라고 생각을 전환하면 많은 것이 달라진다.

이 업무를 통해 내가 한층 배우겠다고 생각하고, 이는 나의 성장의 밑바탕이 될 것이라고 믿어야 한다. 그렇게 되면 업무 생산성은 쑥쑥 늘어날 것이고, 업무의 재미까지 만끽하면서 집중할 수 있게 된다.

돈이라는 것도 다다익선이지만 돈을 가지는 자는 그마다 그릇이 다 따로 있다고 본다.

돈이 많고 적음을 비교하면서부터 돈의 노예가 되기 시작한다. 돈에 대한 정의를 '많고 적음'이 아닌 '풍요하냐? 적당하냐? 부족하냐?'로 바꾸면 한결 달라진다.

나는 1985년 26세에 사회 첫 직장에 입사했다. 근면함이 제일의 미덕이었던 산업화 시기에 제일 먼저 출근하고 제일 늦게 퇴근했다. 나는 3년 만에 아파트를 구입했다. 주택과 차량 구입 외에는 나의 지출은 사치라고 생각하고 그 두 가지에 집중한 결과 아내와 결혼하던 시점에 이미 상계동 24평 아파트와 중고 프라이드 차량, 현금 천만 원 등 내가 목표하는 경제적 자유를 이룰 수 있었다.

목표점으로 도달하기 위하여 나를 유혹하는 많은 것들을 절제하고 살았지만 목표점에 도달하면서 '돈의 자유'라는 보상을 톡톡히 받을 수 있었다.

돈을 많이 벌면 집과 차를 사고, 좋은 음식을 먹고 여행하고 이런 여유를 누리는 것은 기본이다.

그러나 그 이후가 있어야 한다. 기본적인 의식주를 해결했다면 내가 가진 부를 갖고 무엇을 더 할 것인지를 고민해야 한다. 안주하면 고만고만한 소시민이 될 뿐이다.

나는 1990년도에 창업하여 1인 6역 회사를 설립해 1) 아이템 선정 후 실행 2) 고객사 선정 후 영업 3) 계약 4) 현장 시공 5) 관리 수금 집행 6) 한 가정의 가장이자 남편을 하면서 살았다. 엄마와 약속하기를 창업 후 3년 만에 내가 10억 현금을 갖게 되면 여행을 많이 하자고 했더랬다.

아내는 물설고 땅 설은 연고가 없는 대전으로 이사 와서 낮에는 사무실에서 경리와 잡무를 처리했고, 퇴근 후에는 아파트에 같이 숙식을 하는 직원들의 밥과 청소, 빨래 등을 전적으로 책임졌다. 고생이 이만저만이 아니었다. 그렇게 3년 동안 고생을 한 아내의 월급과 퇴직금은 아직도 미지급 상태(ㅋㅋㅋ)이다. 그저 미안할 따름이다.

그래도 노력의 대가일까? 운이 좋아서일까?

5년 후, 자산 100억으로 자체 사옥에 매출액 200억을 내는 사업체를 키울 수 있었다. 99평의 최고급 빌라, 기사, 비서를 둔 자수성가의 표본처럼 생활을 할 수 있었다. 주변에서 부러움과 시기를 동시에 받았다.

하지만 풍요 속의 빈곤이랄까? 다다익선이 좋다고 몰입하고 앞으로만 질주를 하면서 잃어버린 것들도 많다. 당장 엄마와의 여행 약속을 제대로 지키지 못했다.

아빠는 지금이라도 엄마가 원하는 여행지를 같이 가기 위해 업무용 캠핑카를 구입하여 시간, 장소 불문하고 자유로운 여행을 위해 실천하고 있지 않은가?

지훈이는 자신과 가족을 위해서, 그리고 본인이 원하는 삶을 위해 적당한 부를 축적하여 돈의 자유인으로 서기를 바란다.

돈을 터부시하지도 말고, 돈을 추종하지도 말고, 돈을 사랑하지도 말고 돈의 조종자로 지배하기를 바란다.

나는 돈은 버는 것이 모두 내 것이 아니라 적재적소에 잘 사용한 것이 내 돈이라고 확신하는 사람이다. 그리고 아들이 자신의 삶에 먼저 쓰고 큰 지장을 주지 않는 범위 내에서 선한 마음으로 대가 없는 봉사와 기부에 돈을 사용하기를 바란다.

"돈은 버는 것이 내 돈이 아니고 사용한 것이 내 돈"이다.

돈을 자식에게 물려주는 것은 독이 될 수 있다. 돈으로부터 가족간의 우의를 헤치는 것을 주변에서 자주 접한다.

◗ 시간의 자유

시간은 공평한 것이다. 부자이든 빈자이든, 어리든 나이가 많은 사람이든, 많이 배웠든 못 배웠든, 모든 사람에게 평등하게 주어지는 것이다. 태어나고 죽는 것도 평등하다. 젊은 지훈이에게 25시간이 부여되는 것도 아니고 좀 더 나이 든 내게 23시간이 부여되는 것도 아니다.

동일한 24시간. 그런데 이 24시간을 사용하는 사람들에 따라 그 가치는 어마어마한 격차를 갖는다.

돈은 없으면 다시 벌면 된다. 돈은 돌고 도는 것이라고 해서 돈이라는 우스갯소리도 있듯 어떻게 노력만 한다면 돈은 다시 돌아올 수 있다. 하지만 시간은 결코 돌아오지 않는다. 일방향으로만 흐른다.

그런 의미로 시간은 오직 내 것이다. 그런데 나만의 시간을 내 것처럼 쓰지 못하는 사람들이 많다. 그렇게 사는 삶이 진정한 삶일까?

시간의 노예가 아닌 시간의 조종자가 되려면 일단은 생각하면서 살아야 한다. 그냥 살면서 생각하면 시간의 노예가 될 수밖에 없다.

내가 요새 자주 만나는 사람들 중 한 분야에서 성공했거나 일가를 이룬 사람들이 많이 있다. 그들은 대부분 시간의 지배자들이다. 그들은 절대 바쁘다고 말하지 않는다.

그런데 일견 여유로운 듯 보이지만 사실 엄청 바쁘게 산다. 자신이 해야 할 일들을 철두철미하게 처리하면서도 삶의 중심은 절대 잃지 않는다. 부단하게 잊지 않고 목표를 향해 뚜벅뚜벅 걸어가는 사람들이다.

바쁘다고 입버릇처럼 말하는 사람들의 시간 관리 형태는 다음과 같다.

약속을 정하고 자주 변경한다. 약속을 하고 자신이 더 이익이 된다고 판단 시에는 선약을 무시하고 약속을 변경하므로 그로 인해 비일비재 상대방에게 피해를 준다. 그런 사람들은 신뢰를 잃으면서 더 큰 것들을 잃게 된다.

심사숙고해서 약속을 잡아야 하고, 늘 선약을 지키는 것을 최우선으로 해야 한다. 교통사고 등 부득이한 경우로 약속을 못 지킬 경우에는 철저히 사과해야 한다.

약속한 시간에 철저히 집중하는 것이 시간의 자유인이 되는 길이라고 생각한다.

또한 시간의 자유를 가지려면 우선 건강해야 한다. 건강하지 않으면 시간의 자유가 불가능하다.

적당한 부도 필요하다. 즉, 건강을 기본으로 부를 어느 정도 보유하고 있어야 진정한 시간의 자유인이 될 수 있다.

지훈이에게 바른 생각을 갖고 이 세상을 살기 위해서는 그 생각을 담는 그릇인 몸을 잘 관리하라고 말해 줬다. 건강하기 위해서는 하루의 10%는 반드시 육체적 건강과 정신적 건강에 사용할 필요가 있다.

지훈이는 그동안 오랜 시기 공부를 하고 취업을 준비하면서 운동이 많이 부족해 보였다. 지속적인 신체 보강을 통해 진정한 시간의 자유인으로 성장했으면 좋겠다고 조언을 건넸다.

◑ 생각의 자유

'생각 사思'자는 '밭 전田'자에 '마음 심心'자가 있다. 농부가 밭을 일구는 마음으로 생각을 일구고 수련하는 마음으로 살아야만 생각의 자유인이 될 수 있다.

'나는 생각한다. 고로 존재한다.'라고 말한 데카르트의 말을 잘 생각해 보자.

나는 누구일까? 한 사람의 육체일까? 사회적으로 부여된 직책의 소유자일까? 한 가정의 든든한 가장일까?

그 모든 것이 나이지만 나의 '일부'일 뿐이다. 우리 인간은 불완전한, 여러 자아로 분절된 결정체이다. 그래서 각각의 일부들이 서로 다르고 상충하는 부분도 있을 수 있다. 그럴 때는 선택을 해야 할 때도 있다.

그래서 생각의 자유를 가져야 한다. 내 생각이 나를 지배하고 나의 행동을 지배하면서 나의 선택을 이룬다.

불완전함이 완전함으로 도달하려면 남을 모방하기만 해서는 안 된다. 그들이 살아오면서 생각한 것들을 문자로 적어 놓은 책도 읽으며, 많은 선후배 지인과 석학들과 대화를 통해 지식과 지혜를 얻기도 하고, 직접 경험도 해서 습득해야 한다. 그 과정에서 끊임없이 통찰해야 한다.

이렇듯 자유를 통한 행복은 인간이 추구하는 절대적인 가치이다. 자유는 그냥 얻어지는 것들이 절대 아니고 치열하게 성취하기 위해 자기반성과 배움의 자세로 하루하루를 성실하게 살아가야만 얻을 수 있다. 즉, 자유는 많은 사유와 성찰, 투쟁, 번민, 반성, 열정, 경청 등을 할 때만 귀하게 얻어지는 것이다.

고로 "너는 누구냐"고 상대방이 질문하니 지훈이는 나의 영향을 받았는지 그 자리에서 쑥스럽게 "생각이 나의 본질"이라고 대답하였다. 내 생각이 조금이라도 지훈이에게 전달되었다고 생각하니 마음이 풍요로워졌다. 계속하여 한 잔 더 하고 싶은 충동을 억제하고 식당 주인도 마감해야 하니 우리도 내일을 위해 숙소로 이동하였다.

허상의 삶 말고
네 진짜 인생을 가꿔라

"지훈아, 아버지는 SNS를 못 하는 것이 아니라 안 하는 것이란다.

SNS는 '비교'라는 기제 아래에서 움직이는 허상의 세상이야.

물론 긍정적인 측면도 있을지 몰라도 내가 보기에는 인생낭비이고, 신기루 같은 허상이야.

다른 사람과 비교를 왜 해? 나 자신이 이미 우주의 중심인데…

그 따위 너절한 비교를 하며 우울해하느니 그냥 너만의 페이스와 속도로 달려가길 바라.

꼭 해야 한다면 SNS는 하되 남이 전시하고 있는 믿을 수 없는 허상의 삶과 너의 삶을 절대 비교하지 마.

'관종의 삶' 말고 '주체의 삶'으로 진짜 너 자신을 가꾸기를 바랄게."

요즘은 '자기 PR 시대'이다.

너무 많은 잘나고 멋진 사람들이 온라인 세상에서 설치는 시대가 되었다. 가만히 있으면 도태되고 뒤처지고 잊히기라도 한다는 듯 어떻게든 자기를 과시해서 세상에 자기의 존재를 알리려 애쓰는 사람들이 많아졌다.

인터넷과 SNS는 여기에 날개를 달고 기름을 부은 격이다.

사람들은 이제 SNS를 통해서 언제든지 마음대로 자기 홍보와 자기 과시를 만방에 할 수 있게 됐다. 너무도 사적인 정보들이 세상에 홍수를 이루고 있다.

'인간人間'이라는 단어를 들여다보면 말 그대로 '사람 간의 사이'를 뜻하는데 기술의 발전이 이 사람 간의 공간적, 시간적 사이 즉 물리적 간격을 획기적으로 줄였다.

페이스북, 인스타, 트위터 등을 통하면 시간적, 공간적 거리라는 제약에서 벗어난다. 저 멀리 부산이나 광주의 지인뿐만 아니라 해외에 사는 지인들 소식도 자주 접할 수 있다. 이는 SNS의 긍정적인 측면이다.

그런데 요새는 이렇게 강제로 좁혀진 거리에 피로감을 호소하는 사람들이 많아지고 있다. SNS가 갖고 있는 역기능이 사람들 사이에서 부각되고 있다.

흔히 잘 나와 보정이 거의 필요 없는 사진이나 영상을 A컷이라고 부른다. 전부 다 좋은 것을 먹고 좋은 곳에 가고 좋은 것을 걸친 이쁘고 멋진 사진들만 올린다.

문제는 이런 SNS 매체에서 접하는 것들이 전부 다 진실일까, 하는 의구심이 들 정도로 거르지 않은 자기 가공의 정보들이 쏟아진다는 데 있다.

저마다 자기 자신을 있는 그대로 드러내기보다는 적당한 거짓과 위선으로 포장하고, 심지어 없는 경력까지 끌어들여 SNS상에 버젓이 올리는 사람들이 생기고 있다.

처음 등장했을 때 마치 가까운 지인의 소식이라도 들은 듯, 상대방을 알든 모르든 대개 '좋아요'를 누르고 호감을 표했지만 시간이 지나면서 그런 행위는 뜸해지고 있다.

SNS로 접한 사람들의 실체가 낱낱이 드러나는 과정을 보면서 회의감과 불신감을 갖게 된 것이다. "꼬리가 길면 언젠가는 밟힌다"라는 속담처럼 실체가 드러난 존재 중 형편없는 사람들도 있었다.

미국에서도 유튜브상에서 엄청 유명해진 명문대 출신 여성 회계사가 있었다. 하지만 사실은 허름한 창고에서 사는, 회계사라는 경력 등 모든 것이 다 가짜였던 그녀.

그 여성만 잘못된 것일까. 그녀가 말하는 것들을 맹신하고 유튜브상에서 보이는 그녀의 모습에 현혹된 사람들 역시 모두 가짜 혹은 허상의 삶을 살았던 것이라고 나는 생각한다.

허상의 삶을 살지도, 그것에 속지도 말아야 한다. '좋아요!', '최고예요!', '멋있어요!'에 도취되는 가상의 삶은 하등 쓸모없다. 보정이 된 거짓을 믿는 사람들도 그런 허영심이 있기 때문에 속는 것이다.

이제는 SNS에서 나오는 이야기들을 보는 것도 점점 피곤해져서 간간이 볼 뿐이다.

내가 엿본 다른 이들의 삶은 정말 진취적이고 발전적인데 나만 도태되는 것 같은 느낌을 받으면서 우울해지기도 한다. '비교의 식'이 나를 짓누르는 것이다.

SNS는 하더라도 더 이상 비교 따위에 에너지를 낭비하지는 말기를 바란다.

가만히 보면 세상에 좋은 비교라는 건 없는 것 같다. 적어도 내가 아는, 비교라는 단어 활용법은 부정적인 의미가 주를 이뤘던 거 같다. 나를 갉아먹고 내 주변 사람들을 갉아먹는 것이다.

SNS 속 세상의 A컷이 항상 그 사람이 최상의 인간이라는 것을 뜻하지는 않는다는 것을 잘 알게 되었다. 하지만 알면서도 모르는 사람들의 일상을 보면서 내가 열심히 살아온 영역이 작은 세상처럼 보일 수도 있다.

정보가 너무 많다 보니 이제는 적당한 거리가 필요한 게 아닐까 싶을 정도다. 굳이 알고 싶지 않은 소식, 정보까지 너무 접한다.

차라리 그럴 시간에 배우자나 자녀, 친구들과 더 교류하고 내가 좋아하는 운동을 더 하는 것이 낫겠다는 생각을 한다.

수많은 인친이나 페친이 있으면 무얼 하나? 막상 그중에서 편하게 연락할 수 있는 관계는 그리 많지 않다. 실제 세계인 리얼 월드에서 깊이 있는 관계를 맺는 것이 더욱 중요하다.

SNS에서 쓸데없이 비교하면서 주눅들 필요가 없다. 비교하는 순간부터 나 자신은 사라지고 항상 상대만이 존재하게 되는 법이다. 내가 중심에 있으면 비교는 그다지 의미가 없다.

비교의 정의는 비참하고 교만하다는 뜻이기도 하다. 나 자신이 이미 우주인데 감히 누가 누구와 비교를 한단 말인가.

나는 하나의 점이다. 점과 점이 모이면 선이 되고 선과 선을 연결하면 원이 되고 원은 곧 우주이다. 고로 나는 우주이다. 우주로서의 나의 존재 가치는 이미 위대하다.

살아가다 보면 세상 돌아가는 상황을 살피고 남의 눈치를 봐야 할 때가 분명 있기는 하다.

하지만 나 자신을 사랑하는 일에는 결단코 남의 눈치를 볼 필요가 없다. 무조건 스스로를 먼저 사랑할 줄 알아야 한다. 그래야 내가 내 인생의 주인공이 될 수 있다.

그러기 위해서는 스스로 매력을 가꿔 나가야 한다. 오직 나만의 길을 걷고 나만의 특장점을 갖추기 위해서는 늘 지식을 탐구하고 부족한 것을 충전해야 한다.

늘 긍정적인 것들에 매료되고 그것들을 삶의 좌표로 삼고 살아야 한다.

그리고 SNS상에서 만나게 되는 어리석은 사람들이나 그의 어리석은 글을 보면 즉시 닫아야 한다. 어리석게 그 허상의 세상에 현혹돼 똑같이 자랑하는 사람이 돼서는 안 된다. 자랑하지 말고 다른 사람의 입에서 본인에 대한 칭찬이 흘러나오게 해야 한다.

즉흥적으로 순간적인 기분에 휩싸여 SNS를 하는 것은 삼가야 한다. 그렇게 내뱉은 과거의 말실수가 현재의 수면 위에 떠올라

요즘 잣대로 평가받고 화를 불러일으킬 수 있기 때문이다. SNS에 글을 올릴 때는 철저히 자기 검열을 거쳐야 하고, 표현하는 강도를 순화시켜야 한다.

SNS질을 할 그 아까운 시간에 스스로 이루고 싶은 것, 하고 싶은 것들을 리스트에 넣어놓고 이룰 수 있도록 달려가는 삶이 제일 행복하다. 나는 지훈이가 허상의 삶 말고 진짜 삶을 사는 사람이 되기를 간절히 바란다.

카톡에 자기 일상을 알리는 것 중에서 좋은 곳, 비싼 음식, 여행 사진은 월 1회 정도면 충분하다. 너로 인해 상처 받는 이가 있다. 상대적 빈곤으로 인해….

지훈이가 아빠는 유튜브를 많이 시청한다고 지적도 하였다.

내가 많이 보는 것은 향후 뮤지컬 공연 준비를 위해 조용필 가왕의 킬리만자로의 표범과 나훈아 선생의 테스 형 그리고 읽어주는 책 자작나무 아저씨 뉴스가 전부다.

아빠도 유튜브보다는 책을 가까이하도록 습관화할 것을 약속하였다.

아들과
함께 떠난
가장 아름다운
이별을 위한 동행

인생 라이딩 3일차

"장애물이나 돌발 상황에 대비하라"

잘 닦인 평지에서는
절대 알 수 없는 것들

"지훈아, 성장을 위해선 성장통을 겪어야 해.

비록 힘들고 고통스럽더라도 그런 통증 없이는 성장하지 못하므로….

누군들 고난과 역경, 실패를 일부러 사려고 할까.

하지만 인생을 살다 보면 모든 사람은 몇 번은 반드시 만나게 돼 있단다.

성장을 잘한 단단한 나무는 혹독한 겨울의 삭풍 속에서 견딘 나무들이라고 해.

힘들고 고통스러운 일을 기꺼이 감내하고 극복하면서 다양한 경험을 많이 한

사람일수록 역경과 실패에 대한 내성이 잘 생기는 법이란다."

6월 22일 06:50　3일 차. 점점 몸에 피곤이 쌓이는 것 같았다. 집 떠나온 지

오래되니 아내가 해주는 집밥이 너무도 그리웠다.

오늘은 한식으로 메뉴를 결정했다. 숙소 앞 '암행어사' 식당에서 청국장을 주문

해 먹었다. 청국장 역시 엄마표가 최고라고 투덜거리면서도 한 그릇을 비웠다.

오늘은 이화령을 넘는 코스가 있어서 둘이 앞선 날보다 더 열심히 몸풀기를 했

다. 페이스 조절을 잘해야 부상을 입지 않을 가능성이 높으니까 말이다.

한강과 낙동강의 분수령이며 영남과 중부지방을 잇는 이화령은 라이더들 사이

에서 우회도도 없이 5∼10% 경사도의 오르막길만 5km인 죽음의 코스로 불린다.

약간 긴장감을 갖고 달릴 수밖에 없었다.

괴산 호텔

6월 22일 08:00 이화령 고개에서 잠시 휴식을 취했다. 중간중간 전망대 겸

휴게소가 있었다. 산바람이 스치자 목덜미가 시원해졌다. 수분 보충을 하고 다

시 달렸다.

이화령 고개

백두대간 이화령 고개에 도착했다. 업힐(Uphill) 코스는 정말 쉽지 않은 난코스였다. 국토 종주 4대강 자전거 노선임을 알리는 새재 비석들 앞에서 인증 샷을 찍었다.

지훈이와 휴식을 취하면서 이런저런 이야기를 나누었다. 지훈이 역시 이번 자전거 여행으로 많은 것을 경험해 좋다고 했다. 속으로 나는 '아들아, 너는 지금 인생을 배우는 중이야!'라고 생각하며 씨익 웃었다.

이화령 고개 정상

사실 조용하고 잘 닦인 평지를 달릴 때는 알지 못하는 것들이 업힐 로드에서 자전거로 달리면 드러날 때가 있다. 올라갈 때는 힘을 들여 전력을 다해야 한다. 물론 그 순간이 지나 내려올 때는 그리 힘이 들지는 않는다. 하지만 마냥 가뿐하게 내려만 가도 되는 길이 아닐 수도 있다. 원래 잘 고꾸라지는 것은 내리막길에서이다. 잡고 있는 핸들에 팍 힘을 준 채 넘어지지 않도록 또 그때는 그때의 안간힘을 다해야 할지 모른다.

평지에서는 자전거 타기가 쉽다고 흔히 생각한다. 인생이 탄탄대로인 사람들이 흔히 빠지는 착각과도 비슷하다. 물론 평지에서는 자전거를 타고 속도를 내는 상황이 그다지 어렵지 않은 것이 사실이다.

다만 갑자기 멈춰야 할 돌발 상황이 생길 수 있다. 반대편 라이더나 야생동물, 뾰족한 돌부리 같은 예상치 못한 것들이 나타날 수 있다. 급정거나 위험한 것들과의 충돌을 피하기 위해서 가끔은 적정한 속도로 달릴 필요도 있다.

장애물이나 돌발 상황을 만났을 때 멈추는 것은 생각보다 더 어렵다. 멈추는 지점이 내 의지보다 타의에 의한 순간일 때가 있으니 멈추는 방법을 제대로 체득하지 못하면 낭패를 보기 십상이다.

인간의 삶도 생활에 적응하는 지혜와 훈련이 필요하다. 잘 닦인 평지에서 달리는 것은 편하다. 울퉁불퉁한 길을 가지 않으니

멀미가 날 일도 별로 없다.

좋은 환경, 갖춰진 부, 안락한 주거, 넉넉한 재산, 배경 좋은 집안. 사실 돈은 멀미 없는 인생을 위해 어느 정도는 꼭 필요한 준비물이다. 부정하지는 않는다. 대부분의 사람은 평탄한 삶을 원한다. 사실 나도 그랬다. 그런데 이제는 생각이 좀 달라졌다. 돈이 많고 화려한 삶만이 평탄한 것이 아니다.

평탄한 삶이란 기울기가 완만한 경사로를 따라 산의 정상을 향해서 올라가는 삶이다. 묵묵히 올라가다 보면 언젠가 모든 것을 다 이룬 것 같은 정상에 오를 수 있지만, 그 과정에서 오름과 내림이 많지 않은, 그런 아주 완만한 경사를 따라 올라가는 그런 삶이 평탄한 삶이다.

물론 빠른 속도로 어딘가를 빨리 가고 싶다면 매우 가벼운 자전거를 이용해 정말 빨리 원하는 곳에 도착할 수 있다. 빠른 속도를 즐기면서 스릴을 즐기는 사람이라면 가는 과정 또한 너무 재미있다고 느낄 수 있다.

하지만 돌발 상황을 두려워하고 속도보다는 안전을 더 생각하는 사람이라면 주행 방식은 사뭇 달라질 것이다. 묵직한 차체를 가진 탈것을 타고 흔들리지도 않고, 앞으로 가고 있는지조차 알 수 없을 정도로 묵직한 움직임으로 편히 가고자 할 수 있다.

사업을 하다가 법정관리를 맞아서 해외에 나가 가족들 전체가 어렵게 2년간 산 적이 있었다. 아이들은 초등학교 2·3·5학년 시기였으니 전체를 몰랐을 것이다. 언어도 물도 모든 것이 다른 타국에서 영어를 잘하는 아들이 해주는 통역을 듣고 생활하면서 다시 한국으로 돌아와 재기했지만, 그때의 경험은 지금의 나에게도 뼈아픈 굴곡의 시간이었다.

누구든 롤러코스터를 탄 것처럼 위아래가 흔들리고 멀미 나는 인생을 좋아할 리 없다. 게다가 혼자가 아니라 아내와 세 명의 아이들에게는 유산처럼 그런 인생을 다시 물려주고 싶지 않았다. 하지만 잘살다가 한순간에 바닥으로 떨어지고 또 그것을 극복해서 다시 일어서는 드라마 같은 인생이 어느 누군가에겐들 안 찾아오리란 법은 없다.

나는 아이들에게 오늘을 살면서 내일을 계획할 수 있는 환경을 만들어 주려 노력했고, 평범한 후년의 계획을 실행할 수 있는 기반을 만들어 주려 노력했다.

평탄한 삶을 추구하기 위해서는 내 삶을 흔드는 외부 환경에도 버티게 해줄 지구력과 면역력이 많이 필요하다. 그런 것들을 내 인생에 많이 쟁여야 한다. 그런 것들이 삶의 중심을 잡아주고, 삶이 요동치는 것을 막아줄 수 있다.

자신이, 삶이 현재 어떤 상태인지 틈틈이 파악하는 것은 중요하다. 나는 지금 오르막인가 아니면 내리막인가 아니면 평지인가?

살아가면서 평탄 대로를 살아온 사람은 역경에 약하다. 인생에서 평탄 대로를 걸었다는 의미는 그런 선택을 해온 사람이라고 생각한다. 물론 외부적 요인, 가정환경 등이 결코 평탄하지 않았을 사람도 있지만 그런 사람들 역시 평탄한 선택을 할 수 있다. 가장 쉬운 선택은 도망치는 것이다.

역경을 넘어본 경험이 없는 사람, 경험이 풍부하지 못한 사람은 행운이라고 생각하는 것을 쉽게 덥석 잡는다. 그게 썩은 동아줄인지, 튼튼한 동아줄인지 모르고 그냥 있으니까 잡는다. 그렇게 시작하다가 한 번쯤 크게 당한다. 그러고 나서 다시 회피형으로 돌아선다. 그게 반복되다 보니 저도 모르게 역경에 취약한 사람, 다른 사람이 설계한 삶에 휘둘리는 사람이 된다. 그렇게 서서히 길들여져서 자생력이 약해진다.

혹여 자빠지고 부딪쳐 다치는 일이 있더라도 살아 움직일 수 있는 이상 다시 달리고 경사진 언덕을 전력을 다해 올라가고, 돌발 상황에 멈추다가 지체된 상황에서도 다시 시작하려 안간힘을 쏟고 앞으로 나아가야 한다.

평지를 만날 수 있는 순간까지 달리기를 반복하며 다시 올라갔다 내려오는 상황들을 지나가며, 인생의 목표 지점까지 포기 없이 나아가는 인생이 좋다. 노력하지 않아도 돼서 멈추어진 채 고여 있는 삶에 갇혀 버리진 말아야 한다.

세상은 노력한 만큼
돌려주지 않는다

"지훈아, 타로 카드 78장 중 대부분은 안 좋은 그림이 그려져 있다고 하더라. 우스갯소리로 인생에는 웃을 일보다 안 좋은 일이 더 많아서 그런 거라고 하던데 사실 너보다 오래 인생을 산 아버지가 되돌아보아도 인생의 좋은 순간들은 힘든 시기와 힘든 시기 사이 마치 모래 속 사금처럼 귀하게 박혀 있더라.

가난하든 부자이든 어김없이 다 해당이 되는 소리일 거야.

세상은 정말 살 만한데 결코 녹록지 않은 게 사실이지.

가끔은 공평하지도 공정하지도 않은 대접을 받을 수 있으니 마음 단단히 먹고 살아야 해.

노력한 만큼 돌려주지는 않는 세상일지라도 그나마 노력은 배신을 덜 한단다.

그러니 우리는 그저 노력할 수밖에 없지 않겠니?"

6월 22일 09:30 드디어 문경에 도착했다. '예솔이네 통나무집'에서 휴식을 취하기로 했다. 오르막길에서 힘을 많이 소진한 탓에 한 시간은 넉넉히 쉬기로 아들과 합의하고 커피를 마셨다.

예솔이네 통나무집

 '예솔이네 통나무집'은 아빠와 친한 이화석 사장이 별장으로 마련한 통나무집이다. 1년 전에 암 투병 중에 돌아가시고 형수가 관리 중인 곳으로 지훈이와도 수차례 방문하여 바비큐 식사를 하던 장소였으므로 융숭한 대접을 받았다.

 힘든 시간이 지나고 누리는 휴식기는 꿀맛과도 같았다. 원래 삶이라는 것이 늘 평온만 해도 재미가 없고 힘든 일만 몰아쳐도 사람이 지치는 법이다.

 중간중간 보상과도 같은 이런 시간들이 없다면 인간은 결코 긴 인생을 잘 버텨낼 수 없을 것이다. 지금 아들 역시 그 노력들과 그리고 보상들에 대한 것들을 맛보는 중이다.

 "노력은 거짓말하지 않는다", "뿌린 대로 거둔다"라는 말이 있다. 노력은 헛되지 않다. 하지만 그 노력이 보상받지 못하는 순간도 많이 있을 수 있다.

사실 아닌 척해도 그럴 때는 허탈하기 짝이 없다. 인생 살면서 한 번씩은 겪어본 적이 있을 것이다. 노력이 거짓말을 하고, 뒤통수를 칠 때를….

내가 노력했음에도 그것을 누가 가로채기도 하고 내가 한 만큼 덜 받기도 해서 낙심할 수도 있다. 그렇다면 노력하는 것은 과연 의미가 없는 것일까? 그건 아니다.

보답받지 못하면 낙심만 하지 말고 다른 노력으로 방향을 틀거나 좀 더 올바른 노력을 찾는 계기로 삼을 필요가 있다.

지훈이에게도 말하고 싶은 것은 잔인한 현실이지만 사회 속으로 나와 보면 아무리 노력해도 보상받지 못할 상황을 맞닥뜨릴 수 있다는 것이다.

하지만 비록 노력이 '성공'이라는 결과를 만들어 내지 못했다 해도 세상 누구도 '무모한 도전'을 왜 했냐고 손가락질하지는 않는다.

오히려 그러한 경험이 인간으로서는 한층 더 성숙한 길로 가는 촉매제의 역할을 하기도 한다.

노력이 좋은 보답을 받기 위해서는 신중하게 생각해야 할 질문이 있다. 노력이라는 단어 앞에 선행되어야 하는 질문은 'For What?'이다.

즉 무엇을 향한, 무엇을 위한 노력인지 스스로 잘 알고 있어야 한다. 그래야 자신이 주력해야 할 노력의 방향을 정할 수 있고, 집중 투자해야 할 영역을 정할 수 있다.

또한 노력을 향해 갈 때 가장 중요한 것은 '집중력'이다. 천부적 재능도 '집중할 수 있는 힘'이 없으면 무용지물이다. 집중력이 없으면 노력은 그저 손가락 사이로 흘러 빠지는 시간의 버림일 뿐이다.

그렇게 집중해서 노력했을 때 얻는 보상, 열매는 인간에게 '자긍심'을 준다. 그리고 한 단계 더 높은 곳을 향해 나아갈 수 있는 힘을 준다. 그렇게 차례차례 포기의 벽을 허물어 간다.

그러다가 아무리 노력해도 허물 수 없는 벽을 만난다. '한계'를 벗어날 수 없을 때가 몇 번은 온다. 하지만 '보상받지 못한 노력' 앞에 설 만큼 모든 것을 쏟아부은 인생이라면, '성공'이라는 보상이 주어지지 않아도 그 여정과 그 여정의 결과물 안에서 분명히 더 큰 것을 얻을 것이다. 열심히 노력한 결과가 번아웃이거나 낮은 자존감이어서는 안 된다.

노력한 것에 비해 운이 좋은 사람들도 있다. 그런데 그 행운에 현혹돼 속으면 절대 안 된다.

살다 보면 '이럴 수도 있나?' 하며 좋은 운을 만날 때가 있다. 기대 이상의 직장에 취업하거나, 복권에 당첨됐거나, 대회에 나갔는데 우승하거나 등등.

"운도 실력"이라는 말이 있지만, 어찌 됐든 운을 통해 좋은 결과를 얻었다면 기쁘지 않을 수 없다. 그러나 아이러니하게도 이럴수록 운을 경계해야 한다. 그 운이 내 실력이라고 착각해서는 안 된다.

운은 내게 한 단계 더 업그레이드할 수 있는 기회를 준다. 그러나 이 기회를 제대로 살리지 못한다면 운을 통해 들어온 것들은 손가락 사이를 빠져나가는 모래알이 되고 만다. 진정한 고수는 운이 들어왔을 때 그것을 실력이라 착각하지 않고 더욱더 노력한다. 운이 실력으로 지칭될 때까지 갈고 닦아야 한다.

운이 들어왔을 때 그것이 내 것이라 생각하고 일을 더 크게 벌이는 사람을 종종 본다. 그러나 자기의 그릇보다 큰일을 벌이면 대부분 그걸 감당하지 못하고 그릇이 깨져 버린다.

운이 들어오는 걸 컨트롤할 순 없어도 운이 들어왔다면 그것을 내 것이 되게 하는 데 사활을 걸어야 한다. 더 큰 운을 바라느라 무리하게 되면 반드시 무너지게 된다. 충분히 내 것으로 만들고 다듬어야 진짜 성공할 수 있다.

운이 좋았던 사람들 중 성공한 사람들은 자신이 운이 좋았다는 걸 인정하고 더욱더 노력하는 사람들이다. 행운은 기회를 열어주는 것이지, 그것이 내 것이 되었다는 의미는 아니다.

운을 통해 시야를 확장하고 더 많은 노력을 하여 그릇을 키운다면 다음에 더 큰 운을 받아들일 수 있다. 운은 통제가 불가능하지만 노력은 통제가 가능하다. 노력은 나를 성장시키는 데 가장 중요한 역할을 한다.

운이 올 때까지 기다리기만 해서는 안 된다. 운이 올 때까지 지금 내 상황에서 최선을 다해야 한다. 그래야 운이 왔을 때 낚

아챌 수 있다.

세상 어떤 일도 우리가 원하는 만큼 빨리 이루어지지 않는다. 어떤 것도 빨리 결과가 이루어지지 않는다. 우리는 생각보다 더 긴 시간 동안 타인의 인정을 얻기 위해 노력해야 한다. 사회가 커지고 모임이 커지고 관계가 커질수록 자신의 가치를 인정받을 기회가 적어진다.

남들이 나를 인정해 주지 않을 때 그리고 스스로 자신의 모습에 만족하지 않을 때 느끼는 자존심의 상처와 자괴감은 클 것이다. 상처는 평소 수면 아래에 있다가 힘들고 지친 상황이 되면 격렬히 솟아오른다. 그리고 우리의 심신을 잠식한다.

가장 쉬운 것부터 하자. 가까운 사람 즉 가족에게 가장 먼저 인정받자. 그리고 점점 넓혀서 주변 지인, 회사 동료와 상사, 사회… 이렇게 인정받을 범위를 넓혀 나가면 된다.

지훈이에게 말했다. 아버지는 너를 인정한다. 네가 네 발달 단계에서 했던 모든 노력들을 존중하고 존경한다고 말했다. 이야기를 끝내다 보니 한 시간이 금세 흘러갔다. 지훈이의 눈가가 약간 발개졌다. 괜히 쑥스러워서 나 역시 헛기침을 했다.

6월 22일 10:30 다시 길을 나서기 위해 자전거에 올라탔다.

`6월 22일 11:25` 문경시 창동마을에 도착했다. 마을 보호수 앞에서 달콤한 휴식. 꽃들이 지천으로 피어 있었다. 꽃을 보니 마음이 말랑말랑해졌다.

`6월 22일 11:50` 다시 다음 기착지를 향해 길을 떠났다.

문경 창동마을 보호수 아래

페달이 고장나고
타이어 펑크 나고 쥐가 나면?

"지훈아! 하고 싶은 일들이 많아도 실행 전 반드시 많은 생각을 하고 결정해야 한단다.

그렇게 생각을 많이 하고 실행해도 예상치 못한 장애물들이 나오는 법이거든.

이번 여행에서만 봐도 잘 알잖아. 그렇게 준비했음에도 불구하고 페달이 고장나고 타이어도 두 번이나 펑크가 나고 고갯길에서 네 다리에 쥐가 나 멈춰 서기도 했었지. 비탈길에서도 세 번이나 넘어졌고….

그리고 분명 지도에서 잘 보고 갔다고 여긴 자전거길에서도 이탈해 결국 유턴과 좌·우회전을 여러 번 할 수밖에 없었잖아?

목표 지점에 힘들게 도달할 수도 있는 것이 바로 인간의 삶이야.

그럼에도 불구하고 네가 열심히 생각한 것들은 부지런히 도전하기를 바란다.

지훈이의 등 뒤에서 늘 응원하고 지지하는 조력자들이 있다는 사실을 잊지 마!"

6월 22일 13:20 예천군에 도착했다. '풍양 덕산 한우마을'에서 점심 식사를 하기로 했다. 메뉴는 소고기 전골과 냉면이었다. 시원한 냉면으로 더위를 날려 버릴 수 있었다.

힘든 이화령도 지나왔고 이제 오후 여정만 무사히 마치면 될 것 같았다. 그런데 우리가 알지 못할 난관이 아직 남아 있을 줄은 즐겁게 점심 식사를 할 때는 상상하지도 못했다.

`6월 22일 16:00`   설마설마하고 우려하던 난감한 일이 생겨버렸다. 내 자전거의 타이어가 터진 것이다. 여기저기 지훈이가 검색해서 타이어 수리업체을 알아보았다. 수리업체에 연락하여 우리 위치를 알려주고 20분 정도 기다렸다. 우리 같은 자전거 수리를 위해 용달차로 오신 업체 사장님의 도움을 받아 타이어는 수리했으나, 시간상 어쩔 수 없이 코스를 변경할 수밖에 없었다. 우리는 상주보로 바로 건너뛰기로 하고 주행을 이어 나갔다.

이렇듯 예상치 못한 일들은 우리 인생사에서 무시로 벌어질 수 있다. 항상 인생이 꽃밭, 평지, 고속도로일 수만은 없다. 수

많은 비포장 흙길, 자갈길, 가시밭길을 마주하는 것이 현실이다.

삶은 냉엄한 현실이고 실전이다. 지훈이와 같은 젊은이들은 한 번도 경험하지 못했고, 생각조차 하지 못한 부분에서 좌초하게 되면 매우 당황하고 혼란스러워한다.

아무리 먼저 인생을 살아낸 선배로서 내가 인생에 대한 종합적인 오리엔테이션 자료이자 직장, 삶의 지침서 만들어 전달한들 지훈이가 가는 길의 지형에 따라, 그 아이가 마주하는 고난의 종류에 따라 적용하기가 어렵거나 전혀 쓸모가 없을 수도 있다.

자신이 가야 할 길의 상태나 목적지로의 여정이 위험한지 안전한지 알 수 있는 사람이 몇이나 될까? 누군가가 돌발적으로 끼어들어 위험에 처할 것이라고 예상할 수 있는 사람이 얼마나 될까? 아무도 없을 것이다.

내 인생의 최적 속도가 어느 정도인지를 미리부터 알고 조정하는 젊은이들은 결코 많지 않다. 인생길은 제각각 다 요철의 높이도 다르고 산발적이고 변칙적이기 때문이다.

갑자기 나타난 삶의 문제들로 인해 급히 제동하는 순간은 위험할 수 있다. 가속도가 붙어 있어 멈춘다고 쉽게 멈춰지지도 않아 굴러서 다칠 수도 있고 자전거가 망가질 수도 있다.

우리의 인생에서는 이런 사고의 순간을 종종 만나기도 한다. 인생에 어두운 스키드 마크를 남길 수도 있다. 갑자기 만난 삶의 난제들은 가끔은 진하게 마음속이나 인생 경력에 선명한 상처의 흔적을 남길지도 모른다.

미래에 대한 기대가 한두 번의 좌절 속에서 납작하게 로드킬을 당할 수도 있고 그래서 자괴감이나 우울감에 빠질 수도 있을 것이다.

그렇다면 인생 난제를 만났을 때 우리는 어떻게 대응해야 할까? 내 인생의 경험에 비추어 보면 먼저 일의 우선순위를 알고 정할 필요가 있다. 일의 경중을 알아채고 조치해야 한다. 가치 있는 것을 위해 덜 가치 있는 것을 과감히 내려놓아야 한다.

가끔은 목적지로 향하는 길을 수정해 다른 길로 우회할 줄도 알아야 한다. 더불어 삶의 속도를 조절할 줄도 알아야 한다. 좀 느리게 가야 할 때는 느리게 가면서 빠른 속도에 치중하다가 못 본 주변 산야와 시내, 산들의 나무와 새, 시내 속에 활기 있는 물고기의 헤엄침을 보며 달려갈 수도 있다.

방향성을 상실했을 때는 무조건 달리기보다는 제자리에 서서 신중히 위치를 가늠하고 선회할 것인지, 계속 직진할 것인지 여러 가지를 따져 결정할 필요도 있다. 그냥 무턱대고 가다가는 자칫 천길 낭떠러지에 떨어질 수 있다.

이미 사고가 일어났다면 사고의 원인이 무엇인지 따져보고 어떻게 반응해야 하고 어떻게 조치해야 할지도 가늠해야 한다.

왜 사고가 일어나도록 무심했나, 스스로 자책할 시간에 앞으로 어떻게 해야 할지를 고민하는 것이 낫다.

그리고 유사한 사고가 벌어질 때를 대비하여 사고원인에 대한 탐색, 제동할 수 있을 속도, 급제동, 감속 가능력 그리고 살아날 수 있는 궤적을 그리게 될 수 있도록 충돌 지점을 유추하며 계속 전진할 수밖에 없다. 그렇게 미지의 길을 조심히 탐색해 나가는 것이 바로 인간의 삶이다.

사업을 하거나 직장생활을 하든 문제 발생 시에는 문제는 해결하라고 발생한 것이니 남의 탓도 말고 운이 나쁘다고 생각하지도 말고, 그저 미리 문제를 예견하지 못한 나의 예견력 부족이라 간주하고 불평보다는 한 번 더 자기 성찰의 기회와 한 단계 성장의 기회로 삼는 것이 유익한 삶이라고 생각한다.

가끔은 내려서
끌고 가야 할 수도 있다

"지훈아! 아버지는 인생에서 '큰' 실패를 몇 번이나 했단다.

그건 누구보다 네가 더 잘 알고 있겠지? 그 힘든 파고를 함께 마주했던 동지니까. 그런데 아버지는 큰 실패를 한 경험 자체가 지금의 성공을 가져다 줬다고 생각해.

아버지의 지인 중에 무난한 인생을 사는 이가 있단다. 그의 평탄한 인생은 실패할 것 같은 결정은 단 한 번도 내리지 않았기에 가능한 것이었어.

하고 싶은 것보다는 안전하고 될 것 같은 것만 선택했던 그가 건넨 말이 인상 깊었어. 남들이 보기엔 삶이 나쁘지 않게 흘러가는 것처럼 보이겠지만 사실은 인생이 재미가 없다고.

우리 도전하자. 실패하면 또 도전하자.

인생이 약간 고달파져도 재미는 좀 있지 않을까."

윈스턴 처칠은 "비관주의자는 모든 기회 속에서 어려움을 찾아내고, 낙관주의자는 모든 어려움 속에서 기회를 찾아낸다"라고 말한 바 있다.

외과수술에서 사망률이 20%라고 하면 몹시 위험하다고 생각하지만, 생존율이 80%라고 하면 상당히 안전하다고 생각한다. 전자는 죽는 거에 방점을 찍었고 후자는 산다는 가능성을 우선시했기 때문이다.

같은 내용도 어떻게 바라보느냐에 따라 달라진다. 어떠한 틀을 가지고, 어떠한 마음을 가지고 보느냐에 따라 세상은 달리 보인다. 틀을 바꾸면 세상이 바뀐다.

모든 사람이 뭔가를 다 잘할 수는 없다. 유독 약한 과목이 있고 젬병인 운동이 있고 계산을 잘못하는 관계들이 있을 수 있다. 그래서 열등감, 즉 콤플렉스를 가질 수도 있다.

그런데 이런 열등감이 꼭 나쁜 것만은 아니다. 동굴을 파고 한없이 기어들어 가는 것은 나쁘지만 가끔 이런 열등감은 더 나은 인생을 위한 에너지원이 되기도 한다.

열등 콤플렉스의 극복을 통해 인격이 성장하고 자신감이 강화된다고 심리학자가 말했다. 누구라도 콤플렉스에 사로잡히면 인생의 패배자가 되지만, 콤플렉스를 극복하면 인생의 승리자가 될 수 있다.

우리네 인생은 언제나 평지가 될 수 없다. 평지와 오르막길, 내리막길이 마구 섞여 있다. 어쩌면 늪이나 갯벌도 있을 수 있다. 얼굴은 해맑아 아무런 굴곡 없이 평온하게 자라왔을 거라 짐작되는 사람도 그의 이야기를 들어보면 우리네와 별반 다르지 않게 힘든 시간들이 있었다.

그런데 비슷한 환경, 비슷한 인생 행로를 거치더라도 그 끝에서 있는 삶의 모습이 천양지차인 이유는 무엇일까?

외부의 조건이 동일하더라도 움츠러들 수 있는 경우를 택하거나 당당히 맞서 나아가는 경우를 택하는 것은 결국 나에게 달렸다.

잠깐 실패의 늪에 빠졌을 때 그 고난의 시간을 덤덤히 견디며 걸어가는 사람과 자포자기하는 사람의 말로는 결코 똑같을 수 없다.

우리는 평지에서 시작해 골짜기를 지나 오르고 내림을 반복해서 가야 하는 땅을 딛고 사는 사람인 것이다. 그렇다면 인생사에 일어나는 오르내림은 당연한 것이다.

내려갈 때도 나아가야 하고 올라갈 때도 나아가야 한다. 그래야 정상에 오를 수 있다. 그리고 또 순리처럼 언젠가는 그 정상에서 내려와야 한다.

그렇게 생각한다면 지금 높은 곳에 있다고 자만하지 않을 것이며, 내리막길 인생이라고 두려워만 하지도 않을 것이다.

지금 현재 상황에 만족을 못 하고 불평불만만 하면 안 된다. 훗날 성공한 당신을 보며 환호할 주변 사람들에게 어려움을 슬기롭게 이겨내어 자랑할 수 있는 인고의 시간이 될 수도 있으니까.

한 번 실패했다고 그것이 바로 인생의 나락은 절대 아닌 것이다. 그럴 때는 마구 질주하기보다는 잠깐 쉬어도 된다. 자전거에서 내려 끌고 갈 수도 있다.

상처를 입었을 때는 마음가짐을 어떻게 가지느냐에 따라 지옥이 될 수도, 천국이 될 수도 있다.

가장 낮은 곳에 내려와 있을 때 다른 사람의 위로에 괜히 민감하게 반응하기도 한다. 그러지 않아도 된다. 그 위로를 충분히 내가 받아들이고 누려도 되는 것으로 생각할 수는 없는 것인가. 괜한 자존심을 내세워 뾰족하게 응대할 필요가 없다.

자신의 상처를 똑바로 직시하자. 그래야 제대로 상처를 치료할 수 있다.

원인을 모른 채 잘못된 치료로 봉합만 한다면 심하게 덧날 수 있다. 상처를 회복하기 위해서는 상처와 대면해야 한다. 그래야 상처도 꾸덕꾸덕 잘 마르고 아문다.

살아낸 시간이 살아갈 희망이 되기도 하더라.

자신의 과오에 대해 옳고 그름을 따지지 않아야 한다. 이미 일어난 일이다. 성찰하고 반복하지 않으면 그저 족한 것이다.

만일 누군가가 손을 내민다면 그 손을 순순히 잡아보자. 꼼짝도 않고 아무것도 바꿔보려고 하지 않는 것보다는 훨씬 재미있는 인생이 그 누군가 때문에 펼쳐질 수도 있는 법이다.

자신의 인생에서 도망치지 말자. 죽기 전까지 절대 인간은 자기 인생에서 숨을 곳이 없다.

상처를 주고받으며 살아가는 것이 우리의 인생이다. 문제는 어떻게 그런 상처들을 잘 다룰 것인가가 중요하다.

내면의 힘을 기르자. 상처받아도 스스로 치유할 수 있는 정신적·정서적 능력을 배양하자.

나는 내 삶을 변화시킬 수 있는 힘이 있다. 문제는 그 고통이 나를 집어삼켜서 탈출할 수 없다는 포기의 덫에 사로잡히는 것이다.

"나의 인생은 한마디로 실패했다. 잘못 살았다. 총체적 난국이다. 부인할 수 없는 사실이다. 나의 정체성을 찾지 못했고, 업무로도 신앙으로도 인간관계로도 실패했다."

이렇게 자괴감에만 빠져 있다면 서서히 메말라 죽어갈 것이다. 실패했더라도 나의 삶에 새로운 의미를 다시 부여해야 한다. 이제부터는 실패라기보다는 굴곡이 있었다고 해보자.

요즘은 디지털 시대라 0과 1로 표현하는 것에 익숙해 있다. 정답이 있을 수 있을까? 다름이 있을 수 있다.

고대에는 지구는 평평한 것이 진리였지만 마젤란은 지구가 둥글다며 바다를 향해 항해를 시도하는 중에 죽었다. 동료들은 항해를 마치고 시작점에 도달하여 지구가 둥글다는 것을 증명하였다.

지훈아, 이 정도는 아니더라도 너의 신념이 확실하다면 모든 것에 전력 질주하길 바란다.

아날로그 시대에는 사인 곡선에 의해 중앙을 중심으로 오르막과 내리막이 있듯이 계곡이 깊으면 정상도 높다고 배웠다.

회복탄력성은 원래 제자리로 되돌아오는 힘을 말한다. 모든 인간에게 다 있는 힘이다. 너무 아플 때는 쉬어야 한다. 그래야 돌아온다. 다시 생기로워질 수 있는 능력은 우리 인간 누구에게나 다 있다.

혼자 사는 세상이 아니다
_ 길 위의 동반자

"지훈아! 좋은 여행은 좋은 동반자와 함께할 때라는 말이 있어.

이 세상은 혼자 사는 세상이 절대 아니야.

그 길 위를 함께 갈 좋은 동반자를 찾는 것이 무엇보다 중요하단다.

돌아보면 내게도 조금 덜 바람직했던 기억을 준 동반자도 있었고 무난한 동반자도 있었어. 그리고 정말 헤어지기 싫을 정도로 좋아서 기회만 닿으면 또 함께 여행을 가고 싶은 동반자들도 있었지.

그러나 나의 취향이나 방향, 철학, 목적에 걸맞은 동반자를 의식적으로 찾을 필요도 없단다. 같이 길을 걷기만 해도 금세 알 수 있어.

지훈아, 너는 다른 이에게 어떤 동반자로 기억되고 싶니?"

`6월 22일 17:30` '낙동강 역사 이야기관'에 도착해서 휴식을 취했다. 근처에 괜찮은 숙소를 찾아봐도 썩 마땅찮아서 그냥 오늘은 모텔에서 묵기로 했다.

`6월 22일 18:00` 낙단보 앞에 있는 R무인모텔에 도착했다. 숙소 앞에 서 있는 낙동강 종주 자전거길 안내표지판 앞에서 인증 샷을 찍었다. 지는 석양이

물고기 비늘처럼 반짝이는 강물 위에 나붓이 앉는 모습이 장관이었다.

낙산보 일몰

6월 22일 18:50 숙소 앞에 있는 '신 공항 한식뷔페'에서 저녁을 먹었다. 유난히 힘든 코스였기에 힘이 달려서 둘 다 피곤해했다. 든든한 음식이 필요했다. 그래서 선택한 오늘의 저녁 메뉴는 삼겹살 구이였다.

아들이랑 함께 먹는 저녁 식사는 꿀맛이었다. 나는 친한 지인들과 골프가 끝나든, 헬스가 끝나든 함께 음식을 먹고 대화를 나누는 것을 매우 좋아한다. 혼자면 엄두도 못 내거나 재미가 없을 운동들도 사람들과 함께하면 즐겁고 정말 편안하다.

자전거도 함께 타는 재미가 쏠쏠하다고 들었다. 사람에 따라 다를 수 있지만 도로 위를 달리는 수준에 이르면 보통 동호회에 가입해 여러 사람과 함께 자전거를 타면서 오래 즐길 수 있단다.

지훈아, 너의 여자친구에게 아빠가 자전거 선물을 제의했다. 내 자전거는 아들이 타고 여자친구 것은 예쁜 것으로 선물하려 한다고 하니, 지훈이는 필요하면 부탁하겠다고 하고 자전거 이야기는 마무리하였다.

자전거는 함께 타면 훨씬 안정적이고 즐거움이 더 크다. 도로 위를 달릴 때도 단체로 달리면 차량으로부터 보호받을 수 있고, 자전거 타기에 대한 지식과 기술적인 정보 등을 서로 주고받으면서 느끼게 되는 '정'도 쏠쏠하다.

역시 인생은 사람들과 더불어 사는 것이다. 이 세상은 혼자 사는 세상이 아니니까.

지훈이에게도 많은 사람과 어울릴 것을 늘 말했다. 득실을 따지지 말고 마음이 맞고 선한 사람들을 주변에 많이 두는 것이야말로 인복을 쌓는 길이라고 알려주었다.

지훈아, 좋은 사람 나쁜 사람 이렇게 단편적으로 생각하지 않았으면 한다. 조폭에게도 배울 것이 있으면 배우는 것이고, 내가 좋은 사람 선한 사람이면 유유상종이듯 좋은 사람들이 모이게 되는 것이 인생사인 것을.

'지레의 원리'를 발견한 아르키메데스가 "나에게 받침대와 지렛대를 주면 지구도 움직일 수 있다"라고 말했다고 한다.

인생을 사는 데에도 적용되는 말이다. 혼자만의 힘으로는 도저히 살 수 없다. 지렛대처럼 옆에서 받쳐주고 괴어주고 힘이 도달할 수 있도록 도와주는 조력자가 있어야 한다. 세상의 모든 이치가 그렇다.

흔들리고 출렁이고 때론 무방비 상태에서 여기저기서 불어오는 돌풍에 저항하느라 전진하는 것이 힘들어질 때, 그래서 지쳐 멈추고 쓰러지고 싶을 때, 믿을 수 있는 존재는 오직 나와 같이 가는 동반자들뿐이다.

나 홀로 가지 않는다는 심리적 안정감만으로도 우리는 기꺼이 이 불확실한 세상 속으로 발을 디딜 수 있다. 가끔은 그것이 사랑이나 기쁨이 아니라 무거운 책임감이나 의무감 때문일 수도 있다. 하지만 그것마저도 그리 나쁜 건 아니다.

내가 가는 이 길의 기쁨을 그들에게 전파하고 전이시켜서 그들까지도 이 목표 지점에 같이 가는 동반자로 만드는 것이 제일 좋다.

그런데 인생의 동반자가 항시 나와 잘 맞는 사람이고, 좋은 사람이라는 법은 없다. 언제나 좋은 기억으로 남아 있는 동반자도 있었지만 조금은 덜 바람직했던 기억을 흔적처럼 남기는 동반자도 있기 마련이다.

또한, 최악의 감정을 떠안기는 동반자도 있을 수 있다. 배신하거나 거짓을 말하는 사람들이다. 나에게 가족과 친한 지인들을 제외하고는 대개는 그냥 무방한 동반자였다.

여행에 누군가를 동반할 경우 대개는 예외 없이 크고 작은 분쟁이 생기게 마련이다. 하지만 그런 분쟁이나 다툼이 생기는 것이 두려워 애당초부터 동반자 자체를 만들지 않는 것만큼 어리석은 일은 없다.

"좋은 여행은 좋은 동반자와 함께할 때"라는 말도 있듯이 되도록 소중한 사람, 사랑하는 사람이랑 가면 좋다. 그렇다면 좋은 동반자란 과연 어떤 사람들일까?

어떤 이가 좋은지를 잘 선별할 수 있다면 가는 길이 훨씬 편해질 수 있을 텐데 말이다. 사실 자신이 추구하는 인생의 목표나 취향, 삶의 방향, 철학, 목적 등등에 딱 맞는 동반자를 애초부터 만나기란 여간 어려운 일이 아니다.

대부분 길을 동행하면서 서서히 맞춰 나가는 경우가 제일 많다. 처음부터 잘 안다고 여기고, 잘 맞추었다고 여긴 관계도 여행을 가는 길 중간에 어그러질 때가 있다.

좋은 동반자는 서로를 존중한다. 그리고 상대방의 자유를 구속하지 않는다. 서로의 모든 부분을 인정한다.

상대의 상세한 모든 부분까지 나와 일치하기를 희망해서는 안 된다. 서로 다른 부분이 생기면 내가 변해서 그에게 맞추거나 그가 변해서 내게 맞춰주는 배려와 포용의 정신이 필요하다.

큰 여정을 상대와 공유하지만, 그 과정에서 서로가 다른 곳을 바라보며 다른 감정을 느낄 수 있음을 이해할 수 있어야 한다.

본성을 거스르면서까지 내가 변하고자 하거나 그가 변했으면 하는 바람을 크게 가지면 안 된다. 그런 것을 바란다면 과욕이고 폭력이다.

나도 그저 상대를 있는 그대로 받아들이는 편이다. 함께 뭔가를 하는 사람의 의견들을 존중하는 편이다.

만약 함께 여행을 가는데 컨디션이 안 좋은 사람이 혼자 숙소에서 쉬면서 혼자만의 시간을 보내는 것을 상대방은 서운해하지 않아야 한다. 어느 누가 가고 싶은 곳이 다를 때는 강요하지 않고 따로 다녀오며 각자의 즐거움을 즐길 줄도 알아야 한다.

상대방의 취향과 감정에 대해서는 내가 통제하려고 해서는 안 된다. 자꾸 내 생각을 강요하니 서로 다툼을 하게 되고 감정이 상하게 된다.

다르다는 것은 절대 틀린 것도 아니고 나쁜 것도 아니다.

항상 응원하고 그의 취향과 생각을 존중하며 나와 의견이 같지 않다는 이유로 힐난하지 않고 다름을 인정하자.

인생이라는 긴 여행을 함께하는 사람들일수록 존중하고 다름을 이해해야 한다. 건강한 관계를 가지려면 매 순간 노력해야 한다.

동반자들에게 늘 감사해야 한다. 감사는 행복에 이르는 중요한 열쇠다. 받은 만큼 받으려고 하지 않을 때 감사의 마음은 더 크게 일어난다.

지훈이에게 '분배의 원칙'에 대해 들려주었다.

인간들은 평상시에는 좋은 관계를 유지하다가 왜 비즈니스와 이권이 개입되는 순간부터 갈등이 형성될까?

자세히 그 내막을 살펴보니 50% 일을 하고 60%의 수익을 얻으려 하기 때문이다. 60% 일을 하고 40%만 얻으면 된다고 생각하면 갈등은 80% 정도 해소될 수 있다.

타인에게 많은 도움을 주려 노력하면 상대방이 바보가 아닌 이상 더 좋은 감정으로 많은 것들을 되돌려 준다. 바라지 않았을 때 베풀어 주면 감사의 표시를 정확히 해야 한다.

나는 살아보니 3:3:3:1로 살아가는 것이 가장 이상적인 것 같다. 국, 영, 수 3과목을 공부해야 하는 상황이라면 각 과목에 30%씩 노력을 배정하고 10%는 상황에 따라 취약한 과목에 배정하면 된다.

가정 관계에서도 3:3:3:1 법칙이 적용될 수 있다. 부모에게 30%, 배우자에게 30%, 자식에게 30%를 쓰고, 10%의 여유는 상황에 따라 더 해야 하는 대상에게 투입하면 이상적이다.

직장생활에도 상사 30%, 동료 30%, 후배 30%의 비율로 노력해야 하고, 진급 시기를 맞이한 시점이라면 10%는 상사에게 평가 점수를 받아야 하기에 그들에게 더 치중하면 되는 것이다.

사업을 경영할 때도 이 원칙을 대입하면 좋다. 계약(갑) 30%,

직원 30%, 공급사(을) 30%로 배정하고, 10%는 스스로의 판단에 의해 몰두해야 할 대상에 열정을 쏟으면 되는 것이다.

중요한 한마디, 경청하라. 많은 정보는 경청에서 이루어진다.

아빠는 이병철 회장님께서 왜 이건희 회장에게 경청을 어록으로 남기었는지 이제야 조금 이해할 수 있단다.

경청은 정보이고 너의 말은 죽은 지식이란다.

이 비율은 3:3:3:1 법칙에서 제외하고 80% 듣고 20% 말하기를 습관화하길 간곡히 부탁 겸 강요한다.

신뢰가 아니라
신용을 잘 지켜라

"지훈아! 남의 영역을 이러쿵저러쿵 논하는 것만큼 어리석은 일이 없다.

내 것을 잘 지켜 나가면 남들이 저절로 알아서 인정해 줄 거야.

남이 잘하는지 못하는지 비평가가 되기 전에 먼저 자신의 것을 잘 이행하

는 실행가가 되어야 한다.

신뢰는 남이 결정하는 영역이고 신용은 내가 결정하는 영역이다.

내가 신용을 지키기 위해 노력한다면 신뢰는 그저 따라올 것이다."

나는 지훈이가 신용 있는 사람으로 살아가기를 바란다.

내가 생각하기에 '신뢰를 주는' 사람보다는 '신용이 있는' 사람
이 훨씬 좋다. 이 미묘한 차이가 도대체 무엇인지 잘 모르겠다고
지훈이는 말하지만 사실 둘은 엄연히 다르다.

지훈이에게 신뢰와 신용의 차이에 대해 알려주었다.

많은 이들이 "신뢰 주는 사람이 되어라"라고 말하는 경우를 한
번씩은 다 들어봤을 것이다.

하지만 나는 지훈이에게는 "신뢰받으려고 노력하지 말라!"라
고 역설적으로 말해 준다.

왜냐하면 '신뢰'라는 것은 상대방이 결정하는 것이기 때문이다. 타인에게 신뢰를 받기 위해서 인간은 쓸데없이 무리한 행동을 하기도 하고, 굳이 안 해도 되는 것을 과도하게 시도하기도 한다.

나는 지훈이에게 "신용 있는 사람이 되어라"라고 말한다. 그 이유는 '신용'의 주체는 바로 '나'이기 때문이다. 신용은 내가 결정하는 것이다.

나의 삶의 주인으로서 내 것인 '신용'에만 신경 쓰면 되는데 왜 남의 것인 '신뢰'까지 굳이 신경 써야 한다는 말인가. 내가 약속을 잘 지키면 타인의 신뢰는 그저 자연스럽게 따라오기 마련이다.

나 자신이 힘쓰고 가꿔야 할 것들은 신용을 잘 지키도록 수련하는 것이다.

예를 들어 지훈이가 10개의 약속을 했다고 가정을 하자. 8개의 약속을 지키고 2개를 못 지켰을 때 상대방의 조건에 따라 평가는 각기 달라질 수 있다.

어떤 이에게서는 신뢰 있는 사람으로 평가받을 수도 있지만 어떤 이에게서는 10개의 약속을 다 못 지킨, 신뢰 없는 사람으로 취급받을 수 있다.

신뢰는 상대방의 결정 사항인데 그런 남의 영역에 대해 논의하는 것 자체가 무의미하다.

스스로의 행동과 생각으로 신용을 지키면 된다. 나머지 2개에 대해 이행이 당초 불가한 것이었다고 평가 내렸기에 하지 않은 것이라면 이 또한 신용을 어그러뜨린 것은 아닌 셈이다.

또한 신용을 지키기 위해 추후 이행하지 못한 2개를 완수했다면 그것으로도 스스로 신용을 지킨 것이 될 수도 있다.

물론 상대방과 공고하게 맺은 약속 자체는 잘 지켜야 한다.

약속은 상대에 대한 친밀감, 신뢰, 그리고 배려심이라는 마음이 숨겨져 있다. 약속을 우습게 여기는 사람은 절대 성공할 수 없다. 왜냐하면 행복한 성공은 관계에서 나오기 때문이다. 약속을 잘 지키지 않는 사람과는 아무도 친밀하게 지내고 싶어 하지 않는다.

신용이 있는 사람들은 '약속'에 대해 다음과 같은 철칙이 있다.

첫째, 먼저 한 약속을 우선시한다.

선약이 중요하다는 걸 알아도 그 중요도에 따라 쉽게 취소하는 사람이 많다. 결국 자신의 편의대로 번복하는 버릇을 들이다 보면 점점 이기적인 태도가 일상이 돼 버린다. 미리 약속한 상대는 상처를 받을 수 있다. 관계를 소중히 여기지 않는다는 완곡한 표현으로 받아들이기 때문이다.

둘째, 1분 늦은 것도 늦은 것임을 인지한다.

친한 사이일수록 몇 분 정도를 우습게 무시한다. 하지만 그것은 상대를 존중하지 않는 것이다. 몇 분 사이에 어떤 상황이 터질지 아무도 모른다. 그런 상황까지 염두에 두고 약속 시간 전에 도착하는 것이 신용을 지키는 이들이 고수하는 방법이다.

셋째, 자신과의 약속도 잘 지킨다.

매번 다른 이와의 약속을 어기는 사람은 자기 일조차 제대로 해내지 못할 가능성이 크다. 자신과의 약속을 어길 때는 매번 변명과 핑계로 가득 채우면서 말이다. 타인으로부터 신뢰를 잃는 것도 무섭지만 내가 나를 믿지 못하게 되는 것만큼 위험한 일은 없다.

나는 아들이 스스로와의 약속을 잘 지키는 신용 있는 사람이 되기를 주문했다. 이 사회에 선한 영향력을 가지는 리더로 성장하기 위해 가장 먼저 자신부터 장악할 수 있는 사람이 돼야 하기 때문이다.

부연해서 남이 약속을 어겼을 때는 측은지심으로 생각하여 '혹 교통사고나 부득이 못 지키는 상황이 발생했을 수도 있어'라고 마음먹고 관대함을 보여주길 바란다.

아빠도 약속을 안 지키면 내가 무시당했다고 생각하여 상대방에 무관심하게 되는 나 자신을 발견했어.

나 자신에게는 철저하고 상대에게는 관대하게 대하면 미래에는 정상적인 사람이라면 너의 진정성을 이해하고 너의 후원자 겸 동반자가 될 수 있는 확률이 높아진단다.

인생 라이딩 4일 차

"후진하느니 새로운 궤적을 그려라"

길이 막혔을 때,
길을 잃었을 때

"지훈아! 살다 보면 길이 막혀 있을 때도 있고 길을 잃어버릴 때도 있단다.
절대 당황하지 마. 사실 목표에 다가가는 경로는 정말 다양해.
당장 정한 길을 가지 못한다고 해도 우리는 또 다른 길을 선택할 수 있어.
물론 그 결과는 철저히 우리 몫이지만….
그런데 아버지가 살아온 바에 따르면 직진보다는 우회해서 가야만 하는 길
이 더 많았어. 직진이다 싶어 갔는데 뻘밭이고 출구가 막혔던 경우도 많았
어, 우리 삶처럼….
그래도 빠른 것이 늘 빠른 것만은 아니었어. 때로는 우회로로 에돌아가는 것
이 오히려 빨랐던 적도 있었고 의외의 수확을 얻기도 했지.
인생에서 선택해야 할 삶의 우회로를 유연하게 맞이하렴.
절대 길은 하나만 있는 게 아니야."

`6월 23일 06:40` 하루 전과 비슷한 패턴으로 일어났다. 출발 시간도 비슷하
게 맞추려고 했다. 몸의 루틴을 만들기 위해서였다. 오늘도 목적지를 향해 나
아가는 멋진 하루를 기대하면서 레츠 고!

구미 구간

6월 23일 08:15 구미에 도착했다. 구미 고아점 GS25에서 라면과 김밥으로
아침을 먹었다.

6월 23일 08:40 다시 페달을 밟았다. 2시간여 달려서 칠곡보에 도착할 수
있었다. 그런데 지훈이의 컨디션이 별로 좋지 못했다. 코스 주행을 하는 모습이
불안정해 보여 다소 걱정이 되었다.

6월 23일 10:30 칠곡보에 도착했다. 지훈이에게 오늘 코스를 수정해서 일정
을 조정할까 물었지만 고개를 내저었다. 다음 기착지에서 점심을 먹고 충분히
휴식을 취하기로 했다.

칠곡보

6월 23일 12:00 대구 달성에 도착했다. '서울식당'에서 점심 식사를 하고
PMZ 평화예술센터 안에 있는 카페에서 휴식을 취했다.

6월 23일 13:30 다시 길을 나섰다. 지훈이의 상태가 나아지기는커녕 더 안
좋아져서 중간에 휴식 시간을 자주 갖기로 말해 놓은 참이었다.

구미 구간

`6월 23일 15:10` 달성보에 있는 편의점에서 휴식을 취했다. 여기에서 한 시간 이상을 쉬기로 했다. 지훈이만큼은 아니지만 내 컨디션도 그다지 좋지는 못했다. 슬그머니 코스 수정에 대한 유혹이 마음속에서 고개를 들었다.

`6월 23일 15:20` 다시 길을 떠났다. 대구 달성을 지나던 중에 길을 잘못 들었다. '다람재'라는 고개로 진입한 순간이었다. 페달을 밟으며 올라가다가 경사가 너무 심한 길이라 결국 자전거를 끌고 올라가게 되었다.

그런데 무리한 상태에 몸까지 좋지 않아서일까, 올라가던 지훈이가 쓰러지고 말았다. 다리와 엉덩이에 쥐가 나서 10분 이상을 그 자리에 쓰러져 누워 있었다. 걱정이 된 나는 몸 상태를 물었다. 지훈이는 눈앞이 하얘지고, 별이 핑 도는 느낌이 든다고 말했다.

한참 근육을 풀어주었더니 겨우 정신을 차렸다. 너무 힘든 코스라 뭔가 이상해서 자세히 지도를 들여다봤다. 가만히 보니 우회로가 있었다. 그래서 고개를 넘는 것을 포기하고 다시 내려와서 우회로를 통해 다음 목적지로 이동했다.

다림재 고개

이렇듯 우여곡절 끝에 이런저런 사연과 부딪치며 헤쳐 나가는 것 또한 인생일 것이다. 우리가 살면서 길을 가다가 갑자기 막히거나 끊어지는 경우도 있을 것이고, 아예 길을 잃어버리는 일도 겪을 것이다.

그런 경우 무섭고 당황스러울 만하다. 하지만 고비마다 고통이나 어려움을 극복하면 맷집이 생기게 된다. 그리고 인생의 내용과 형식이 풍성해지고 견고해지는 법이다.

평탄한 길이 무작정 이어진다면 의미와 재미는 반감될 수 있다. 평탄하기만 한 인생은 맹물 같이 싱거울 뿐이다.

비단 목적지를 정복해서 승리와 쾌감을 만끽하는 것만이 인생의 끝이 아니다. 힘들더라도 목적지를 향해 땀내 나는 한 발짝 한 발짝을 움직이면서 자기를 이겨가는 과정이 되어야 더욱 의미가 있다.

세상사도 아주 사소한 어긋남 때문에 길을 잃는 경우가 많이 일어난다. 그럴 때는 부지런히 나의 길을 찾아내야 한다. 순한 길, 험한 길, 우회 길, 직진 길, 뚜렷한 길, 희미한 길, 그 많은 길 중에서 바른길을 구별하고 선택해 걷는 것이야말로 무엇보다 중요하다.

땀 흘린 만큼 인내력이 길러지고 체력도 단련된다. 그 와중에 정상을 정복하는 기쁨도 맛보고 성취감을 얻을 수 있다.

너무 힘들면 다른 길을 찾아봐도 좋고 좀 쉬어도 좋다. 산에 기대고 하늘에 기대고 바람에 기대어 보아라.

우리는 평생 길 위에 있다. 모르는 길을 찾아가는 과정이다. 헤매고 가끔 잘못된 길로 간다.

길이야 위험하면 우회하는 게 옳다. 정면 돌파가 주는 소득이래야 기껏 시간 단축뿐이니. 물론 가끔은 우회로가 더 위험할 수도 있다. 인생에서도 자주 그 끝을 알 수 없는 우회로가 간혹 나타난다.

인생의 여러 갈림길 앞에서는 잘 가고 있는지 물을 필요도 있다. '성찰'이야말로 올바른 삶을 살게 하는 이정표가 될 것이다.

만일 길을 잃었을 때는 무작정 앞으로 가지 말아야 한다. 오히려 되돌아 나가는 것이 원칙이다. 모든 사람이 옳고 바르다고 여기는 길을 가야 한다.

그러나 이때 절대 당황하지 말고 침착하게 대처해야 한다. 옳은 길을 다시 찾을 수 있다는 자신감을 가져야 한다. 조금만 되돌아 나가면 다시 길을 찾을 수 있는 경우에도 당황하게 되면 되짚어 나가는 길마저 헷갈리게 되는 법이다.

길을 잃었을 때 경험이 많은 사람의 의견을 따르는 것이 좋다. 그러나 최종 결단은 자기의 경험과 지식을 바탕으로 하여 스스로 단호하게 내려야 한다.

겁을 먹으면 판단력이 급격히 떨어진다. 조급한 마음에 일을 그르칠 수 있으므로 다른 행동을 멈추고 사태를 파악할 필요가 있다. 마음을 가라앉힌 다음 상황을 제대로 파악하여 해결책을 찾아봐야 한다.

목표에 다가가는 경로는 다양하다. 원래 펼쳐진 길 말고 때때로 인생에서 따라야 하는 우회로를 가다 보면 우리는 자신에 대해 더 잘 알게 되고 성찰할 수 있게 된다.

로버트 프로스트의 '가지 않은 길'이라는 시처럼 어차피 길은 갈라져 있고 우리는 그 길 중 하나를 선택해야 한다. 그게 인생이다.

결과는 자신의 몫이다. 직진한 길이 막히면 우회해서 가야 한다. 이정표상 있는 길이라 해서 갔는데 낭떠러지이고 출구가 막혀 있기도 하다. 우리의 삶도 마찬가지다. 빠른 것이 빠른 게 아니다. 때로는 둘러 가는 것이 빠르기도 하고 의외의 결과도 만들어 낸다.

선택의 갈림길에서 두 길은 똑같이 매혹적으로 보이기도 한다. 한 길을 택해서 갔는데 나중에 선택하지 않았던 길이 더 좋았을지도 모른다는 미련이 죽을 때까지 따라붙을지도 모른다. 하지만 두 길을 한꺼번에 갈 수는 없다. 그게 우리 삶이다.

"진정 행복한 사람이란 인생을 살다가 뜻하지 않은 일로 빙 돌아가야 할 일이 생겼을 때 그 우회로에 있는 풍경을 즐길 줄 아는 사람이다."

어느 이의 말처럼 끝까지 가는 것이 중요하지, 조금 더디 가는 것은 잘못된 것이 아니다. 그럴 때는 자신이 서 있는 현재의 위치에서 최선을 다해 누리면 된다.

속도보다 중요한 것은
방향이다

"지훈아! 자전거를 타고 갈 때 속도가 중요하든? 방향이 중요하든?

빨리 갔는데 거기가 엉뚱한 곳이라면 다시 너는 우회하느라 많은 시간을 쏟아부어야 할 것이다.

빠른 속도로 인생을 살아가는 것이 아니라 원하는 방향에 맞추어 자신만의 보폭으로 꾸준히 행보를 이어가는 것이 가치 있는 인생임을 많은 사람이 알고는 있어. 하지만 실천을 잘 못 하지. 그 이유는 무엇일까.

대부분 자신이 원하는 방향을 스스로 설정하지 못하기 때문이야. 타인의 시선과 주변의 기준에 빠르게 부합하기 위한 노력만을 이어가고 그게 나은 인생이라 착각해서이지.

절대 남이 만든 기준과 비교해서는 안 돼. 자신만의 인생 방향이 아니라면 감히 자신의 이야기를 담기 어려워.

자신의 콘텐츠가 없다면 영원히 남의 뒤만을 쫓아다니는 서글픈 인생이 될 거야."

자전거로는 우아한 후진을 할 수 없다. 약간 뒤로 가고 싶을 때 자전거의 페달만으로는 불가능하니까 모양새가 좀 우스꽝스러워진다.

어찌 보면 바로 그 점이 우리 삶과 닮은 것 같다. 뒷걸음질로 계속 이동하려는 사람은 드물 것이다.

자전거와 우리는 감쪽같은 후진을 포기하고, 바퀴의 궤적을 새로 그리면서 돌아설 필요가 있다. 내가 정면으로 바라보는 세상이 내가 전진해야 할 새로운 행로가 되는 셈이다.

이처럼 물러서지 말고 새롭게 방향을 트는 유연한 사고를 가져야 한다. 끝까지 예전 것을 고수하고 그것만 하려는 것은 아집이다.

한 가지 가치에 매몰되면 안 된다. 그렇게 한다고 빨리 가는 것도 아니다. 인생은 속도가 아니라 방향이다.

한국 사회는 어려운 과거의 큰 시련을 지나 경제 성장을 빠르게 이루어 내면서 '빨리빨리' 문화가 자리 잡았고, 남들보다 빠른 속도로 나아가는 것을 성공이라고 여기는 경우가 많았다.

그래서 대한민국을 세계 모든 사람이 인정하지 않았는가? 국가 국제전화번호도 82+로 지정하였지(믿거나 말거나: 농담). 농경사회에서 가난을 극복하는 것은 산업사회가 도래한 세상에서는 어려운 일이었는데 위대한 지도자 박정희라는 혁명가에 의해서 "안 되면 되게 하라"는 구호 아래 빨리빨리 문화가 정착하여 이 국가를 선진국으로 발전시켰지? 이 과정에서 많은 부분을 포기하고 많은 부분의 실정이 발생하였단다.

지훈아, 이 모든 것은 과거의 일들이니 이 교훈을 바탕으로 이

시대의 미래를 위해 준비하는 속도보다는 방향을 너에게 제시하고 싶다.

많은 사람이 인생은 속도의 게임이 아니라는 것을 잘 알고 있다. 그렇지만 타인의 시선과 주변의 기준에 보다 빠르게 부합하기 위해서 많은 에너지와 시간을 쏟는 것이 현실이다. 그리고 일정 수준에 빠르게 도달하면 성공한 인생인 것처럼 부풀려 얘기하는 것도 여전히 사라지지 않고 있다.

빠른 속도로 인생을 살아가는 것이 아니라 원하는 방향에 맞추어 자신만의 보폭으로 꾸준히 행보를 이어가는 것이 가치 있는 인생이다. 우리도 대부분 동의한다. 다만 감히 실천으로 잘 옮기지 못하는 것이 현실이다.

늦지 않았다 싶으면 선회해도 괜찮다.

인생이라는 질주는 한 가지 길로만 목적지를 향해서 달려가야 하는 것이 아니다. 애당초 목적지가 하나만 있어야 하는 것도 아니다. 모든 사람이 같은 목적지로 가더라도 같은 경로와 같은 속도로 가야만 하는 것도 아니다.

자신이 원하는 방향을 스스로 설정해야 한다. 세상에는 누구보다 나은 인생이 있는 것이 아니다. 세상을 살아가는 모든 사람이 비교할 수 없는 소중한 인생의 이야기를 만들어 나가는 중이다.

누군가 만들어 놓은 불필요한 기준을 기반으로 비교를 부추기며 살아가는 사람들을 멀리해야 한다. 남이 만들어 놓은 기준선에서 아슬아슬 줄을 타는 사람들은 결코 자신의 이야기를 담기 어려우며, 타인의 뒤만을 영원히 쫓아다니는 서글픈 인생이 될 것이다.

불필요한 기준에 빠르게 도달하기 위한 속도 경쟁이 아니라 자신만의 소중한 이야기를 만들어 갈 수 있는 방향을 설정해야 한다.

나아가는 속도가 누구보다 빠르거나 늦다는 둥 타인과 비교할 필요도 없다. 자신만의 인생 속도, 인생 콘텐츠만 있으면 된다.

스스로가 나아가고자 하는 인생의 방향은 얼마든지 선회 가능한 것이다. 지금까지 걸어온 시간이 아깝다는 생각으로 우리 인생에 하등 도움이 되지 않는 결정을 고수할 필요는 없다.

물론 방향을 전환하는 일은 신중하게 접근할 필요가 있다. 하지만 지금 내가 향하는 방향이 나를 행복하게 만들거나 내게 의미를 주는 것이 아니라면 머뭇거리지 말고 선회해야 한다.

망설임과 두려움이라는
무임승차자

"지훈아! '망설임과 두려움은 자기 인생을 조각하는 데 있어서 결코 도움이 되지 않는 연장이다.'라는 말이 있어.

그런데 사실 새로운 것을 시도할 때 망설이고 두려워하는 것은 지극히 당연한 인간의 본성이야. 그래서 돌다리도 두들겨 보고 건너고, 아는 길도 물어가고, 얕은 내도 깊게 건너가려는 것이야.

하지만 그게 정말 신중해서가 아니라 좌절과 공포를 경험하기 싫어서 꾸물거리는 것이라면 과감히 멈춰야 해.

무한 탐색으로 기회를 잃어버리느니 충분히 생각했다면 '하나의 선택'이라도 얼른 해야 해.

선택을 하는 순간부터 망설임과 두려움이라는 무임승차자는 사라질 거야.

오로지 자신의 운명을 스스로 결정하는 능동적인 운전자만 남게 될 것이야."

낙타는 뜨거운 사막에서 가장 잘 적응하는 동물이라고 한다. 그런데 이런 낙타도 처음부터 태양이 뜨거운 중동이나 아프리카에서 살지는 않았던 동물이라고 한다.

원래는 푸른 목초지가 많은 아메리카 대륙에서 서식했던 낙

타. 그러나 걸음도 느리고 날카로운 이빨이나 발톱도 없는 낙타는 포식자로부터 살아남기가 쉽지 않았다. 그래서 빙하기가 시작될 무렵 아프리카로 건너가 뜨거운 사막에 정착했다고 한다.

사막은 덥고 물도 거의 없지만 그 덕분에 위협할 만한 동물도 없었다. 그렇게 낙타는 뜨거운 태양과 황량한 모래바람을 참아가면서 사막에서 적응했는데 이런 낙타에게는 아주 특이한 습성이 하나 있다고 한다.

태양이 내리쬘 때 오히려 태양을 바라보는 것이다. 태양이 내리쬐면 다른 동물들은 본능적으로 얼굴을 돌려 등을 보이지만 낙타는 사막에서의 생활을 통해 오히려 태양을 마주 보는 것이 유익하다는 것을 알게 됐다.

물론 태양을 마주 보면 얼굴은 아주 뜨거우나 몸통 부위에는 그늘이 생겨서 체온이 덜 오르고 수분도 덜 날아간다. 그래서 잠시의 뜨거움을 피하기 위해서는 얼굴을 돌려야 하지만 사막에서의 적응을 위해서는 오히려 태양을 마주 봐야 하는 것이다.

두렵다고 해서 피하기만 하면 그 두려움은 눈덩이처럼 불어난다.

마주해야만 사실은 별것인지, 별것이 아닌지를 알게 된다. 어린아이들이 병원에서 주사 맞기 전에 자지러지게 우는 이유가 무엇일까? 진짜 아파서라기보다는 두려움이 크기 때문이다.

망설임과 두려움은 올라탈 자리가 마련되어 있지 않아도 우리

네 인생에 용케 따라붙는다. 기본적으로 무임승차를 한다. 그러나 무임승차 한 감정들까지 모두 끌어안고 우리는 달린다. 삶은 그런 것이다.

망설임과 두려움에 잠식되면 불어오는 미풍에도 흠칫 놀라고 흔들릴 수 있다. 하지만 낙타처럼 우리에게 아픔과 고통, 힘겨움을 주는 실체들은 똑바로 직시할 필요가 있다.

론다 번의 『시크릿』이라는 책에 이런 말이 나온다.

"우리들 대부분은 특별한 목표나 야망이 없는 척하며 삶을 살아간다. 우리가 원하는 것, 가고 싶은 곳, 경험하고자 하는 것은 많지만 우리는 그저 'but'에 막힌다. 멈춘다. 'but'은 두려움 뒤에 숨게 한다. 모든 종류의 변명을 생각하게 한다. 아무것도 하지 않고 꿈을 좇지 않는 것을 용인하도록 한다."

린다 번은 꿈을 죽이는 드림 킬러로 'but'을 들었다. 망설임은 어떻게든 변명을 하면서 그것을 안 할 이유를 만드는 것이다.

부모가 안장을 놓을까 봐 안절부절못하는 어린아이는 쉽게 페달을 밟지 못한다. 두려움과 망설임은 낯선 이야기가 아니다.

두려움 앞에 멈추고 망설이는 것. 즉, 우리가 두려움에 망설이며 무한 탐색 모드에 빠지는 것은 지극히 당연한 인간의 본능인 것이다.

그런데 우리가 갖게 되는 '좌절과 공포'로 인해 아무것도 시도하지 않으려고 할 때가 가장 큰 위험이 된다. 문제를 지나치게 심각하게 받아들이거나 문제가 성장을 위한 기회를 의미한다는 사실을 잊어버린다.

모든 일에 신중한 사람들이 있다.

늘 많이, 깊게 생각하는 것을 미덕이라고 여기는 사람들이다. 한참 뒤에도 생각에 다시 빠져서 생각 자체가 숙성될 때까지 기다렸다가 겨우 결론을 내린다. 결론 뒤에도 행동으로 옮기기 전에 다시 신중해진다. 돌다리도 두들겨 보고 건너고, 아는 길도 물어 가고, 얕은 내도 깊게 건너야 한다는 사람들이 있다.

이와 달리 모든 일에 지나치게 적극적인 사람이 있다. 그런 사람들은 거의 행동을 먼저 하고 생각은 뒤에 한다.

그 어느 쪽에도 속하지 않는 보통 사람들은 신중함과 적극성 사이에서 갈등하며, 망설이고, 주저하며 살아간다.

자신의 소신을 지킬 것인가, 남들이 살아가고 행동하는 식을 따를 것인가. 이 역시 망설임의 대상이 된다. 사회적 동물인 인간이 다른 사람들의 눈치를 아예 안 보기란 어려운 일이다. 우리는 이런저런 일을, 이런저런 이유로 망설이며 살아간다.

망설이는 이유는 무엇일까. 낯선 것에 대한 두려움 때문이다. 실패에 대한 걱정도 작용한다. 성공을 포기하고 실패를 택하는 사람은 드물다. 그러니 실패할 가능성이 조금이라도 있다면 망설일 수밖에 없을 것이다.

자율성이 부족해서 망설이기도 한다. 다른 사람들의 눈치를 보기 때문이다.

어느 경우에도 문제는 시간이다. 망설이는 사람은 늘 시간에 쫓긴다. 누구도 시간의 흐름을 멈출 수는 없다. 통제 불능인 시간에 맞서 그나마 통제 가능한 결정을 서둘러야 할 시점을 맞이할 수밖에 없다.

차라리 서둘러서 행동해 버리고 실수는 나중에 자책할까? 신중하게 생각하다가 행동할 수 있는 시간을 허비하고 후회할까? 나는 전자이다.

망설이는 사람의 마음은 이미 스스로 정해 놓은 틀이 지배한다. 틀을 벗어나면 위험할 것이라는 근심으로 차 있다. 하지만 결정을 계속 미루면 결국 난처해진다. 난처해지면 마음이 혼란스러워서 판단력이 떨어진다. 일이 풀리는 선순환이 아닌, 일이 더욱 꼬이는 악순환으로 끌려들어 간다.

망설임을 이기는 적극성은 놀랍게도 틀에 박힌, 일상의 작은 힘에서 나온다. 그러니 망설임의 대상이 되고 있는 것을 조금씩, 아주 조금씩 바꿀 필요가 있다. 한번 하기가 어렵지 차차 해 나가면 어느새 용기가 생긴다.

물론 말은 쉽고 이루기는 어렵다. 하지만 소소하더라도 반복 실천이 필요하다.

신중함을 내세워 망설이고만 있을 건지, 일단 시동을 걸고 움직인 후에 더 생각할 것인지 우리는 선택해야 한다. 결심하고 선택하는 '루틴'을 만들어야 한다.

아빠는 60 평생 동안 많은 사업의 경험을 하였단다.

마약 장사만 제외하고 군 생활 4년, 직장생활 5년을 마치고 사업이라는 것을 시작하였지.

통신 시공업체 설립, 휴대폰 대리점, 스카이라이프 대리점, 통신 선로 장비 제조 판매, 건물 임대, 국내 대형 갈비집 운영, 물류창고 개발 임대, 중국에서 호텔 및 식당, 중국 주류 총판, 식자재 유통, 민간 기록물 보관 관리, 국가기록물 정리, 사무환경 혁신….

보통 사람들 중 평생 사업자등록증이 무엇인지 모르고 사는 사람들도 많지만, 아빠는 20여 개의 사업자등록증으로 사업한 경험을 통해 얻은 것과 잃은 것이 있단다.

현재는 부동산 임대 및 개발사업이 우리집의 의식주를 해결해주는 사업이며, 중국의 식당 3개에 투자하고 있고, 선배가 관리하는 청도의 돈 꼬레 한국 식당은 코로나로 인해 힘들게 운영 중이다.

아빠의 경험을 필요로 한 곳에 도와줄 수 있다고 판단 시 활동할 수 있는 비즈앤컨이라는 회사가 있다. 아들하고 같이 만들었지만 회사 설립의 동기는 돈이었다. 돈은 약인가 독인가라는 주제로 난상토론을 벌인 결과, 계속 성장을 하려면 피가 우리 육체를 순환하듯 지속적인 자금 흐름을 통해 다다익선의 개념으로 자금을 순환해야 한다는 데 이르렀고, 내 역할은 30억을 목표로 천천히 북극성을 찾아가는 것이야.

이 회사는 자녀 3명(지훈·정운·채연)을 주주로 설립하여 행복한 성공을 통해 수익금의 일부를 사회에 환원하는 것이다. 사람과 사람을 통해 비즈니스를 연결해 주는 업무로서 아빠가 잘할 수 있는 것이란다.

아빠는 농경사회에서 전깃불이 안 들어오는 빈농에서 태어나 초등학교와 중학교에 다녔고, 산업사회에서는 공업계 고등학교와 전문 대학 그리고 군 장교 생활을 마치고, 오명 장관께서 주창하신 정보화 진입 초기에는 통신 시공업체에 입사했었다. 노동계의 자유화 시절인 80년대에는 노조설립에 참여하였으며, 90년 초부터는 실습생 5명 그리고 엄마와 내가 사업이라는 것을 시작했다.

이후에는 정보 고속도로 구축으로 국내 최고의 회사로 성장시켜 상장까지 주도하였고, 법정관리를 통해 20년간 준비한 회사가 타인의 손에 넘어갔으며, 지금의 물류창고가 있는 덕평에 위치한 빛샘전자의 일부 사업부에 편입되는 등등.

지훈이가 중국 닝보로 유학 중인 시절에는 중국을 잘 알려면 중국에서 사업을, 식당을 해야 한다고 판단하여 청도에서 주 한국식당을 고등학교 1년 선배와 같이 오픈하였다.

우리나라 의식은 의식주 중에서 의를 1번으로 여기지만 중국은 의식주 중에서 식이 우선이란다. 중국에서 큰 사업을 하는 사람들이 식당과 호텔을 하고 있는 것을 보았단다. 왜냐하면 정보가 가장 많이 나오는 곳이 식당이며 중국 영화에서 자주 나오는 싸움 장면이 호텔과 식당을 주로 배경으로 한다는 것을.

하여간 중국의 갈빗집은 2일 전에 예약할 수 있는 대호황을 이루어 투자금은 2년 만에 회수하였으며 우리 가족이 캐나다에 2년간 거주했을 때 중국에서 획득한 외화로 생활하였지. 너도 자주 갔던 식당이야.

캐나다 생활 중에 이모부가 식자재 유통을 해보고 싶다고 하여 친구에게 부탁해 아빠가 투자해 주었는데, 100억 매출이어도 경험 부족으로 지속적인 자금 투자로 인해 파악하니 관리 부재였던 것이야.

내가 경영 일선에 뛰어들어 혁신하려 했었지. 하지만 구성원들 자체가 하루 벌어 하루 사는 인생들이 많아 내가 혁신시키기는 한계에 도달하여 사업을 철수했지.

그리고 중국 사업에 전념하기로 해서 연태에 호텔과 식당을 설립하여 운영 중에 내 마음은 항시 더 높은 가치를 요구하는 욕구를 품고 있었기에 이희천 사장에게 책임 경영체제로 운영하게 하고, 왜 한국은 업무시간은 세계 1위인데 생산성은 낮을까를 고민했어. 그 결과 문서정리가 체계적이지 않음을 인지하여 3년간 일본, 미국 등을 연구하고 연수를 받고 일본 회사 테라다와 함께한 트렁크룸이라는 회사에서 주주가 아닌 마케팅 담당을 맡아 15년 만에 급여를 받았지.

월 지출 8백만 원(기사가 수행) 수입 5백만 원으로 6개월간 근무

하고 주주로서 상장을 위해 같이하기를 제의하였으나 월급으로 하자고 하여 미국으로 넘어가 세계 1위 기업과 미팅을 하고 한국에 귀국하여 문서지기를 설립하였지.

문서지기가 약 10년간 국내 선도기업으로 발전하였으나 시대가 변화함에 따라 세계 1위 기업에 민간 기업 기록물 사업부를 매각하고 공공 기록물 사업은 벤처 스타트 기업인 악어 디지털에 각각 매각하였단다.

오늘은 이만 정리하고, 아빠가 하고 싶은 이야기는 아빠의 과거 경험을 필요한 곳에 적재적소에 적용하여 아빠가 행복한 성공을 돕는 전도사가 되길 원하면서 업무를 하고 있다는 것이란다.

비즈앤컨 업무의 철칙

1. 사전에 비용을 받지 않는다. → 내가 알아서 비용 지출한다.
2. 성공 가능성 80% 이상일 때만 진행한다.
3. 업무를 완전히 파악한 후에 2항에 부응 시에는 계약서 작성 후에 진행한다.
4. 돈이 먼저가 아니고 사람이 먼저고 파트너와 돈으로 인한 분쟁 시는 내 이익에 무관하게 업무를 포기한다.
5. 수익의 20%는 사회의 그늘진 곳에 기부한다.

주인공으로서
길을 가기

"지훈아! 어떻게 해야 네가 네 인생에 끌려다니지 않고 주인공으로 살아갈 수 있을까?

삶의 주인으로 산다는 것은 자신만의 기준을 가지고 자신의 선택으로 인생을 사는 것을 말해. 자기 삶의 주인이 되기 위해, 행복하기 위해서는 스스로의 기준으로 뭔가를 선택하며 그 결과로 나타나는 성공 그리고 실패까지도 흔쾌히 받아들일 수 있어야 해.

너만의 삶의 이유를 갖고 있어야 해. 그런데 스스로 삶의 이유를 만들고 그에 따르는 것은 사실 많은 용기가 필요한 일이야.

그러나 자신이 인생의 주인공이어야만 인생의 방향도 선뜻 결정할 수 있는 것이야.

자신이 주인공이어야 남들이 하는 칭찬이나 비난에도 결코 연연하지 않을 수 있어. 그래야 무소의 뿔처럼 꿋꿋이 갈 수 있단다."

6월 23일 18:40 창녕 대합일반산업단지 컨티뉴 호텔에 도착했다.

`6월 23일 19:30` 씻고 숙소 앞에 있는 '련남면옥'에서 서서갈비, 평양냉면, 만두를 시켜 먹었다. 오늘 고생을 많이 한 지훈이와 어김없이 저녁을 먹으며 술도 한잔 곁들여 먹었다.

지훈이는 매일매일 그날의 목표지점까지 도착한 후 누리는 이 저녁의 시간을 매우 좋아했다.

오늘 이야기의 주제는 "세상에서 뭔가를 선택하고 어려움과 고난을 헤치는 것은 결국 나 자신밖에 없다"였다.

사실 함께 자전거를 타고 속도와 풍광을 같이 즐기는 주변 사람들이 많이 있더라도 막상 타이어가 고장나고 부상을 입었을 때 실질적인 해결책을 모색하고 감내해야 하는 것은 결국 자기 자신밖에 없다. 이미 지훈이도 나도 몇 번씩 겪은 바다.

오프라 윈프리가 말했다.

"현재 갖지 못한 것을 불평하지 말고 주어진 것을 잘 활용해야 합니다. 우리는 삶을 열정적으로 살기 위해 지금 이 자리에 있는 겁니다. 운명의 희생자가 되겠습니까? 아니면 스스로가 책임지는 인생을 살겠습니까? 최선을 다하지 않는 것은 죄악입니다."

지훈이에게 평생 내가 했던 선택과 그 선택을 옳은 것으로 만들기 위해 했던 나의 최선의 노력들에 대해 들려주었다.

나는 어릴 때부터 아버지라는 방파제 없이 홀로 어른의 영역에 들어서며 공허함과 외로움을 많이 느꼈다. 하지만 내게는 아버지가 안 계시다는 상황이 이미 전제돼 있었기 때문에 상황 자체를 바꿀 수 없었다. 그렇다면 어떻게 해야 했을까?

결국 나를 바꾸는 수밖에 없었다. 상황의 변화는 진정한 삶의 변화를 끌어내지 못한다. 상황의 유불리에 매달리지 말고 먼저 자기 자신부터 변해야 한다. 내가 바뀌면 상황이 바뀌고 삶이 바뀐다.

내 인생의 주인으로 산다는 게 무슨 뜻일까?

돈을 좋아하는 사람은 돈의 영향을 많이 받기 때문에 돈이 많으면 좋고, 없으면 괴로워진다. 돈의 종이 되는 것이다.

스스로 대단하다고 생각하는 사람은 남의 칭찬이나 비난에 많이 흔들린다. 하지만 자신의 내면이 가득 충족된 완결된 사람은 남이 칭찬하든 비난하든 결코 흔들리지 않는다.

내 인생의 주인으로 산다는 것은 아주 쉽고 간단하지만 많은 사람이 그러지 못한다. 마음의 상태나 자신감, 혹은 환경에서 비롯되는 요구나 압박으로 인해 내 인생의 주인이 내가 되지 못하는 경우도 많다.

하지만 나의 장단점과 잠재력을 정확하게 이해하면서 당당하게 내 삶의 주인이 되기 위한 자기 발견과 성장의 여정을 시작해야 한다.

자신의 삶의 주인으로 산다는 것은 나만의 기준을 가지고 나의 선택으로 인생을 사는 것을 말한다. 명품 인생과 짝퉁 인생의 갈

림길을 만드는 중요한 '선택'들이 우리 인생 곳곳에 숨어 있다.

나의 자발성, 나의 활동성을 바탕으로 내가 주인이 되어 결정하고 책임지는 것이 내 삶의 주인이 되는 길이다. 스스로의 기준으로 선택하며 그 결과로 나타나는 성공과 실패를 받아들여야 발전할 수 있다. 누구에게도 의존하지 말고 당당히 세상을 향해 나아가야 한다.

살아가면서 삶의 뚜렷한 목표를 갖는다는 것은 중요한 일이다.

사람인 이상 생각이라는 것은 수십 번 바뀔 수 있다. 하루에도 몇 번씩 바뀌는 마음과 생각들. 뚜렷하게 정하지는 못했지만, 그 생각들이 차곡차곡 쌓여 '어제보다는 괜찮은 내가 되지 않을까?'라는 생각으로 하루를 시작하고 마무리를 해야 한다.

이렇게 하루하루 속에 '괜찮은 사람'이 될 것 같다는 작은 기대감을 모아야 한다.

'유아독존'. 이 세상에 나와 똑같은 사람은 아무도 없다.

난 이 세상에 유일한 내 삶의 주인이다. 그런 내 인생을 주변 상황, 시시한 사람들 때문에 속 끓이고 억울해하고 불행해할 이유가 없다.

내가 왜 시어머니 때문에, 직장 상사 때문에 불행해져야 할까?

내가 허락하지 않는 한, 아무도 날 불행하게 만들 수 없다고 생각하면 행복은 아주 쉽게 다가온다.

이뤄야 하는 목표가 엄청 거창할 필요도 없고 그것을 꼭 완수

해야 한다는 생각도 버려라. 어떤 목표를 이루어야만 행복한 것이 아니라 그 목표를 향하는 여정 자체가 행복하면 되는 것이다. 짧은 행복의 찰나를 위해서 긴 인생 과정 내내 불행하다면 그것만큼 어리석은 게 없다.

남에게 베푸는 것도 중요하지만 남에게 순수한 베풂을 주려면 자리이타(自(자기 자)利利他: 자신을 먼저 이롭게 한 이후에 남을 이롭게 한다)를 해야 한다. 그러지 못하면 남을 도우면서도 잇속을 계산하느라 골치 아플 수도 있다.

삶에서 중요한 결정을 내린다는 것은 여러 개의 선택지 중에서 하나를 고르는 것이 아니다. 그 결정을 위해 내가 무엇을 포기하고 내려놓아야 하는지를 정확하게 아는 것이 중요하다.

어떤 일을 자주 하면 할수록 성공의 가능성 또한 그만큼 커진다. 실패한 경험들이 더 크고 위대한 성공으로 당신을 이끌 수 있다. 유리한 상황, 더 나은 조건을 기다린다는 핑계로 지금 씨를 뿌리지 않는 사람은 그 어떤 작은 꽃도 얻을 수 없다.

내가 주인공이 돼 선택하고 도전하는 것을 해치는 것들이 있다. 이것만 잘 회피한다면 인생 단역으로 전락하는 것을 막을 수 있을 것이다.

첫 번째는 오만함이다. 자존감이나 자신감이 높은 것은 좋은 것이다. 하지만 자만감이 높은 사람은 주인공으로 살아갈 수 없다. 잘난 체하는 사람은 매력적이지 못하고 반감을 불러일으키기 때문이다.

두 번째는 무지(편견)이다. 내가 돋보여야 하니까 잘난 타인의 업적을 보고 평가절하하고 그를 곡해한다. 주인공은 그 자체로 빛나는 사람이다. 타인을 억누르는 사람은 소인배처럼 보인다. 주인공 감이 아닌 셈이다.

세 번째는 허영심이다. 뭐든 과하게 치장하고 주장하는 사람이다. 내가 주인공이라면 굳이 타인에게 잘 보이려고 에너지를 소모할 필요가 없다. 이런 허영심의 바탕에는 자신에 대한 불신이 깔려 있다.

네 번째는 불안이다. 부정적인 결과를 상상하는 것은 멈춰야 한다. 주인공은 어떤 역경이 있더라도 그것을 극복하기 위해 움직이는 인물이다. 불안하면 움직일 수 없다. 쉽게 포기하는 것은 결코 주인공의 미덕이 아니다.

다섯 번째는 자기 회의이다. 자신의 약점이나 결핍만을 보고 그것에 매몰되면 안 된다. 자신의 강점을 어떻게든 찾아내 활용해야 한다. 자신감이 없는 주인공은 시선을 끌 수가 없다.

여섯 번째는 죄책감이다. 쓸데없이 가지는 죄책감은 미래를 향해 움직여야 할 심신을 움츠러들게 만들 수 있기 때문이다. 죄책감을 가진 주인공은 안타깝지만 계속 자책과 연민에 빠진 주인공은 무매력이다. 주인공은 뭐든 극복하는 인물이어야 한다.

네가 가슴 설레는 일에 몰두하라!

"지훈아! 진짜 소중한 것을 얻으려면 덜 소중한 몇 가지쯤은 내놓을 각오를 해야 한다. 그것이 바로 삶의 진리다.

놓지 못하고 다 가지려고 하거나, 소중한 것을 도외시하고 덜 소중한 것에 치중한다면 훗날 큰 후회로 되돌아온단다.

가슴이 설레는 일을 해라. 세상 사람들이 다 같이 욕심내는 일들을 욕심내느라 진짜 자기가 원하는 걸 보지 못하는 사람은 되지 말아라.

자기 삶에 욕심을 내야 한다. 내게 관심을 갖고, 나를 공부하고, 내 욕심에 솔직해져 볼 필요가 있다. 비록 그 일이 좋은 결과로 되돌아오지 않더라도 몰두하는 내내 너는 행복하고 즐거울 수는 있을 것이다.

불행한 채로 일은 일대로 하고 좋은 결과까지 얻지 못하는 것보다는 훨씬 낫지 않을까?"

누가 말했다. 삶은 결국 "설레는 일을 찾아 나가는 여정"이라고. 설레는 일에 익숙해지면 다시 매료될 만한 것들을 찾아 가슴이 두근거리기를 원하면서 인생이 지나가는 것이다.

지훈이에게 "너는 너를 설레게 하는 일이 있냐?"라고 물으니

배시시 싱겁게 웃는다. 왜 없겠는가. 사랑하는 여자친구도 있고, 그녀와 꿈꾸는 미래가 있을 것이다. 자신의 직업관이 있을 것이며 조직 속에서 어느 정도 올라가거나 혹은 후일 사업을 하여 어느 규모로 일굴 것인지에 대한 포부와 꿈도 있을 것이다.

작고 소박한 것에 설레는 사람도 있고 거창하고 스케일이 큰 일에 설레는 사람도 있을 것이다.

삶의 방향을 찾지 못했을 때, 진정한 '나'를 찾고자 할 때, 자존감이 떨어졌을 때는 설레는 일을 하면 좋다. 설레는 일을 하다 보면 슬슬 욕심도 생긴다.

그리고 타인의 칭찬에 "운이 좋았어!" 대신 "내가 정말 열심히 한 거야!"라고 말할 수 있게 된다.

설레는 일을 하더라도 실수는 할 수 있다. 굴곡도 있을 수 있다. 잘못하지 않고 미움받지 않는 게 아니라 같은 실수를 반복하지 않으면 되는 것이다. 어제의 나보다 좀 더 나아지면서 설레는 일을 계속하면 되는 것이다.

주위의 평판과 잘 사는 삶은 큰 상관관계가 없다. 평판과 잘 사는 삶 중에 내가 더 초점을 맞춰야 하는 쪽은 '잘 사는 삶' 쪽이다.

그러니 평판을 굳이 좋게 바꾸려 노력하지 않아도 되고, 그에 휩쓸려 과도한 스트레스를 받지 않도록 해야 한다.

내가 신경 쓰지 않으면 누구도, 어떤 말로도 나를 평가할 수 없다. 내가 잘살아가고 있고, 잘 살고자 한다면 몇몇 사람들이 만들어 내는 소용없는 평판으로 무너지지 않는다.

매력이 있는 사람은 단순히 보이는 이미지 관리에만 성공한 것이 아니다. 앞으로 선택할 수 있는 삶의 폭을 스스로 한 뼘쯤 넓히는 사람이다. 스스로가 자신을 더 좋은 곳으로 이끌어 가는 사람이다.

인간관계를 위해 너무 열심히 노력하지도, 보이지 않는 것을 보려 애쓰지도 말자. 내가 편하고 자유로워야 내가 만들어 가는 관계도 그런 모양새가 된다.

내가 나의 일을 더 존중해 주고 대접해야 한다. 내 인생의 방향키는 내가 늘 쥐고 있다고 생각해야 한다. 잘될 수밖에 없는 사람들은 스스로를 좋은 길로 이끈다.

삶의 체력과 실력을 기르기 위해 여러 가지를 주변에서 찾아야 한다.

우리에게는 본보기가 되어주는 사람, 영감을 주는 책, 실수를 반성하고 자신감의 회복을 돕는 일기가 필요하다. 새로운 길을 제시해 주고 동기를 부여해 주는 세미나와 강연이 필요하다.

너무 쫓기듯 빈틈없이 살지 말고 빈틈을 만들어 가며 살아야 한다. 여유와 빈틈은 삶의 방향을 바꾸는 촉매 역할을 한다.

위너들은 하루하루를 단 한 번밖에 없는 기회로 여기고 즐긴다. 주변 사람들을 그 자체로 선물이자 기적이라 여기고 소중히 한다. 좋아하는 일을 첫사랑처럼 대한다.

루저들은 하루하루를 그저 무사히 때우기만을 바라는 악몽으로 여긴다. 주변 사람들을 두려워하거나 부담스러워하거나 이용하려고 한다. 좋아하는 일 자체가 별로 없다.

어느 삶을 더 추구하고 싶은가? 답은 아마 쉬울 테지만 실천은 매우 어려울 것이다.

마지막으로 '과감한 노No'를 할 수 있는 삶을 살거라.

남을 생각해서, 분위기에 취해서 하기 싫은 것을 무조건 하는 것은 네 삶의 주인공이 아닌 남의 삶을 사는 것이니까.

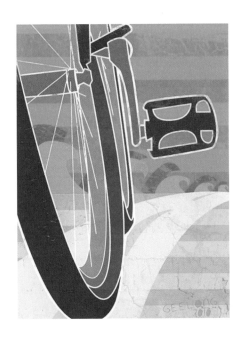

아무나 할 수 없는
노력이란 걸 했니?

"지훈아! 아버지는 신입사원을 뽑을 때 학력이나 전공을 보지 않아. 그보다는 잘할 것 같은 직원을 뽑으려 신경을 많이 쓴단다.

대부분 아버지의 촉이 잘 맞지만 가끔은 틀리기도 해. 잘할 것 같은 직원이 오래 하지 못하고 그만두는 반면 얼마 못 할 것 같았던 직원이 오랜 시간 꾸준히 잘하는 경우도 있어.

처음에는 시키는 것만 하면 되기 때문에 그 역량의 차이를 잘 모르지만 시간이 지나면 어느 순간 눈에 확 보이더라.

시키는 일만 억지로 하는 사람은 흐르는 시간과 비례한 역량을 보여주지 못하더라. 반면 스스로 노력하는 사람은 어느 순간 월등히 두각을 나타내.

너는 척하는 가짜 노력 말고 진짜 노력을 하는 사람이 되기를 바랄게."

영국의 극작가이자 명언 제조기로 유명한 버나드 쇼는 95세에 타계하면서 "우물쭈물하다가 내 이럴 줄 알았지!"라는 묘비문을 남겼다. 그 비문은 '남은 인생 헛되게 살지 말고 보람 있게 채우라'라는 교훈을 담고 있다.

노력은 사람에게 가장 가치 있는 재산이다. 최선의 노력을 다

하면 그것만으로도 이미 최고라고 할 수 있다.

물론 노력했다고 항상 성공할 수는 없다. 하지만 성공한 사람은 모두 노력했다는 점을 기억할 필요가 있다.

때를 놓치지 않는 가장 중요한 방법은 지금 당장 내가 해야 할 일을 열심히 하는 것이다. 주어진 일이 귀찮다고 회피한다면 다음에는 더 힘든 일이 되어 다가온다.

머릿속으로 아무리 먼 데까지 생각을 하고 있더라도 행동으로 옮기지 않으면 시간이 지나도 제자리에 맴돌 뿐이다.

누구나 자유를 꿈꾼다. 그러나 역경을 딛고 일어나지 못하는 사람은 감히 자유를 꿈꿀 수가 없다. 역경에서 벗어나려면 노력해야 한다. 노력도 안 하고 그런 상황 자체를 탓하고 역경을 안겨준 세상과 남을 원망하는 것은 가장 쉬운 선택지이다.

그러나 역경은 오롯이 내 탓을 했을 때, 그로 인해 개선해 나갈 때만 벗어날 수 있다.

인생이 불행하고 힘들다고 생각하는가? 원래 인생은 그런 것이다. 그럼에도 불구하고 앞으로 나아가는 사람들이 있다. 그 사람들은 인생이 불행하다고 굳이 내색하지 않는다. 어차피 다 알고 있는 사실이기 때문이다. '뭘 새삼스럽게…'라고 생각할 뿐.

그런 것에 불평할 시간에 자기가 해야 할 일에 더욱더 집중한다.

문제가 발생했을 때, 해결해야 하는 상황도 발생한다. 그때 역량의 차이가 조금씩 나타나기 시작한다. 많은 경험을 하기 위해 스스로 노력하는 사람은 두각을 나타낸다. 시키는 일만 억지로 하는 사람은 연차만 쌓일 뿐, 업무 역량은 그대로일 수밖에 없다.

선택을 받는 것은, '아무나'들이 결코 아니다. 선택을 받을 수밖에 없는 이유가 있는 사람들이다. 그리고 그 이유는 스스로 만들어 가는 것이다.

때로는 선택받아 마땅한 순간에 제외되는 억울함을 감내해야 할 때도 있다. 세상은 냉혹하기 때문이다. 선택을 받는 사람이 되기 위해서는 '가짜 노력' 말고 '진짜 노력'을 하는 사람이 되어야 한다.

그렇다면 그 두 가지는 어떻게 구분하는 것일까?

가짜 노력은 다이어트할 때도, 공부할 때도, 일을 할 때도, 재테크할 때도, 책을 읽을 때도 모양만 그럴듯하게 자신을 속이며 핵심으로 안 들어가는 것이다.

공부할 때도 하기 전에 청소와 서랍 정리부터 하는 사람이다. 진짜 공부를 하기까지 도입부가 매우 길다. 핵심으로 진입하기 전 변죽을 울리는 사람들이다.

일할 때도 아이디어를 낼 거면 반짝이는 아이디어만 내면 되는데 핑계가 많고 뭘 하더라도 이것저것 쓸데없이 묻는 게 많다. 책도 좋은 책이 아니라 영양가 없는 책들을 읽고 독서했다고 생각한다. 다이어트를 위해 운동을 할 때도 딱 식욕을 돋울 정도로만 운동한다.

가짜 노력을 하는 사람은 일의 경계가 매 순간 흐릿하고 예외를 많이 둔다. 그리고 잘 안되는 이유를 남의 탓으로 돌리는 경우가 많다.

하지만 자신을 속이지 않는 '진짜 노력'으로 매 순간을 살아내야 원하는 목표에 닿을 수 있다. 매 순간 내가 하기로 마음먹은 것에 몰입해 '진짜 노력'으로 해내는 것이다.

진짜 노력은 자신의 목표를 잊지 않고 자신뿐만 아니라 타인까지 집중시킬 수 있을 만한 수준으로 하는 것이다.

척이 아닌 진짜 노력하는 사람들이 있다. 멘탈이 남다르다. 노력이라고 다 같은 노력이 아니다. 돈으로도 환산할 수 없을 정도로 가치 있는 노력을 해야 진짜 노력이다. 취미 생활스러운 노력은 노력이 아니다. 그저 허영이다.

진짜 노력을 해야 경제적인 것이든 부가가치든 세간의 평판이든 다 누릴 수 있다.

나는 왜 노력해도 안 되지를 고민하지 말고 어떤 것이 진짜 노력인지 고민하고 진짜 경제적인 것과 맞바꿀 수 있도록 내가 가장 잘할 수 있는 노력을 해야 한다.

성공한 사람은 더 원하고, 더 배우고 싶어 하고, 더 열심히 갈고 닦는다. 감정을 타인에게 쓰지 않고 열정과 욕구를 자신을 위해 쓴다.

자신의 실패를 덜 기억하는 사람일수록 성공할 확률이 높다.

성공하지 못한 사람은 자신이 겪은 불행한 사건과 힘듦에 대해
털어놓고 싶어 하는 반면, 성공한 사람은 최근 자신이 특히 잘한
일에 관해 이야기하고 싶어 한다.

최선을 다했다는 말은 대체로 변명에 사용되는 경향이 있다.
만족스럽지 않을 때 스스로를 위로하지 않던가. 진짜로 최선을
다했다면, 그럼에도 불구하고 잘되지 않았더라도 그런 사람은
자신에게 위로가 아니라 축하주를 쏠 것이다.

다섯

인생 라이딩 5일차

"방심하면
내리막길이 더
위험하다"

오르기는 힘들지만
내려가는 것은 한순간

"지훈아! 오르는 길에는 가속도가 붙을 일이 없단다.

가속도를 내려면 스스로 엄청 힘들게 노력해야 해. 반면 내리막길은 자칫 잘못하다가 엄청난 가속도가 붙은 채 빨리 나락으로 갈 수 있어.

오르막길은 스스로 부족함을 느끼고 노력하는 시점에 시작되고, 노력하는 사람의 인생은 점점 올라가고 발전해.

그러나 스스로 이만하면 됐다고 생각하여 노력을 멈추면 그때부터 내리막길이 시작돼.

오르지 않으면 추락하기 시작하는 거야. 성공을 지키는 것도 힘들지.

문제는 인생 내리막길에 들어선 사람들이 그들 자신이 지금 내리막길에 들어섰다는 사실을 모르는 경우가 많다는 거야. 교만하기 때문이지.

자신이 가장 잘하고 있다는 착각을 버리지 못하는 거지.

이런 교만함이 추락의 가속도에 추를 달 거야."

6월 24일 08:00 오늘은 다소 늦게까지 수면을 취하고 일어나 밥을 먹고 출발했다.

`6월 24일 09:00` 창녕군 무심사에 도착해 휴식을 취했다. 아침을 늦게 시작한 감이 없지 않아서 15분 정도 짧게 쉰 다음, 바로 다음 코스를 향해 달렸다.

창녕군 무심사

`6월 24일 10:10` 의령군 상포교 쉼터에 도착했다. 이곳에서도 역시나 15분 남짓만 쉬고 바로 다음 코스로 향했다.

의령군 상포교 쉼터

박진고개 정상에 도착했다. 박진고개는 '아름다운 국토 종주 자전거길 20선' 중 한 곳으로 꼽힌 곳이다. 정상을 향하는 오르막길에 고생을 많이 했다.

고개 정상에 앉아서 내려다보는 전경이 좋았다. 역시 업힐은 적응이 잘되지 않았다. 다운힐이 훨씬 편한 것이 사실이다. 하지만 우리는 박진고개에서 세 번이나 고꾸라졌다.

나중에 박진고개에서 있었던 일을 떠올리며 인생의 절정기와 쇠락기에 대해서 지훈이와 많은 이야기를 나누기도 했다.

박진고개

누구나 알다시피 모든 인간은 항상 날아오를 때만 있는 것이 아니다.

인생의 절정기는 언제라고 생각하는가?

돈을 가장 많이 벌 때? 가장 건강할 때? 가장 바쁘고 잘나갈 때? 가장 많은 사람이 나를 필요로 할 때? 아마도 사람마다 내놓는 답변들이 다 다를 것이다.

인생의 상승기를 짐작하게 하는 징후들이 있다.

몸도 건강하고 마음이 유쾌해지고 밝아진다.

주변에 있는 사람들과도 잘 화합하고 그들이 나를 많이 도와주기도 한다.

심지어 멀어졌던 사람들과도 가까워진다.

하는 일마다 성공 가도를 달리고 모든 일의 마무리가 깔끔하게 이뤄진다.

하지만 그럴 때 넋 놓고 있으면 안 된다. 오르는 때가 있다면 반드시 하강의 시간도 곧 도래하기 때문이다. 인생 상승기에는 꼭 이런 마음가짐을 가져야 한다. '아, 나 이제 곧 내려가겠네!?'

산이 높으면 골짜기가 깊듯이 많이 오를수록 잃을 게 많아지는 법이다. 지나친 욕심을 부려서는 안 된다. 욕심이 지나치면 그로 인해 화가 생긴다.

정점에 이르면 다시 내려올 것에 대비해 저축하고 건강 관리에 힘쓰며 마음의 준비를 즉시즉시 해야 한다.

인생의 '가속'만큼 중요한 것이 바로 '감속'이다. 적절하게 감속할 수 있어야 하강기 코스를 안정적으로 내려올 수 있다. 코너링도 원활하다.

과도한 속도로 갑자기 감속하면 중력에 못 이겨 앞으로 고꾸라질 수 있다. 늘 한 치 앞을 내다보면서 준비해야 한다.

주행 속도의 편차가 크지 않도록 브레이크 시점을 다급하게 설정하지 않아야 자전거 질주에서도 사고가 덜 난다. 이처럼 인생에서도 내가 어느 시점에 멈춰야 하는지를 아는 것이 중요하다. 지금의 상황을 넓은 시야를 가지고 잘 성찰한 다음에 내려가야 한다. 이를 위해서는 미리 코스를 숙지한 뒤 '넓은 시야'를 가지고 주행하는 것이 중요하다.

내려가는 것을 창피해하면 안 된다. 보여주고자 하는 삶이 아니라 스스로에게 행복한 하강이라면 그 자체가 성공한 삶인 것이다. 인생 내리막길을 겪지 않는 사람도 거의 없다. 나 말고도 다 하는 거라고 생각하면 부끄러울 게 무언가?

인생의 오르막길은 스스로 부족함을 느끼고 배움을 위해 노력하는 시점에 시작된다. 배우는 사람의 인생은 점점 올라가고 점점 발전한다. 그러나 스스로 이만하면 됐다고 생각하여 배움을 멈추면 그때부터 인생 내리막길이 시작된다. 오르지 않으면 추락할 도리밖에 없지 않은가.

인생 내리막길에 들어선 사람들은 자신이 지금 내리막길에 들어섰다는 사실을 모르는 경우가 많다. 교만하기 때문이다. 자신이 가장 잘하고 있다고 착각하고 있기 때문이다. 배움을 멈춰버린 사람들은 자신을 제대로 인식하지 못하는 것이다. 그래서 점점 더 힘들어진다. 수렁으로 빠져드는데도 그 길을 계속 간다. 결국에는 실패하고 만다.

그렇다면 내리막길에서 벗어나는 길은 무엇일까?

다시 배우는 것이다. 배우기 시작하면 놀라운 일들이 많이 생긴다. 배운다는 것이 학문적으로 뭔가를 등록하고 성취해야 한다는 것만을 뜻하지는 않는다.

사람들을 만나서 배울 수도 있고 낯선 환경을 떠나 배울 수도 있다. 새로운 것을 시도하는 것이다. 사람은 늘 자신이 아직도 배워야 하는 사람이라는 것을 인정해야 한다. 그리고 배우기 위해서 노력해야 한다.

외국의 저명한 학자는 나이 일흔이 넘어도 자신이 하지 못하는 세상 속 일들이 너무 많다고, 그것을 새로이 익히는 것이 삶을 살아가는 기쁨이라고 말했다. 그는 육체에 주름이 새겨지더라도 계속 새로운 나라의 언어를 익히고 타지 못하던 자전거를 배우고 평소 로망이었던 악기 연주를 위해 초심자 코스로 레슨을 받았다.

인생은 죽는 날까지 배움의 연속이다. 그것만 받아들이면 인생 내리막은 있을 수 없다. 점점 더 올라간다. 스스로 부족함을 인정하고 배우며 살아야 하는 이유이다.

창녕 남지읍에 있는 '가야성 왕손 짜장면'에 들어가서 짜장면, 콩국수, 탕수육으로 점심 식사를 마쳤다. 근처에 있는 '그린내 커피숍'에서 차를 마시며 휴식을 취했다.

직선보다
곡선의 길이 주는 교훈들

"지훈아! 산업화 시대에는 개인이든 나라든 잘살기 위해서, 가난을 떨쳐 버리기 위해서 빨리빨리를 모토로 정신없이 직선의 길을 달렸어.

목표한 지점이 있으면 가장 빨리 도달하기 위해서 옆도 뒤도 안 보고 앞만 보고 달려왔지. 빨리 성취하는 기쁨도 있었지만 놓쳐버린 일상의 소중함들도 너무 많았어.

가끔은 자기 뜻이든 타의에 의하든 삶의 속도를 늦춰야 할 순간을 맞이할 때가 생겨. 그럴 때는 속도 조절이 필요해. 너무 힘들면 중간에 쉬면서 물도 마시고 앞으로 나아갈 진로의 지형과 환경을 살피며 길의 끄트머리를 유추하는 시간을 가지는 것도 좋단다.

결국 직선이든 곡선이든 그 길들은 모든 여정에서 다 필요한 구간이야. 지나고 보니 쓸모없는 길은 없더라.

먼 길을 가는 인생이니만큼 호흡 조절을 잘해야 해. 그렇게 한다면 롱런은 별거 아냐!"

6월 24일 14:20 다시 출발했다.

창녕 함안포

6월 24일 18:30 밀양시 삼랑진읍에 도착했다. 하루를 일찍 시작하지 못한 만큼 일정이 줄줄이 밀리는 느낌이 들었다. 나루터 횟집에서 저녁 식사 메뉴로 향어회를 먹었다. 같은 장소에서 아버지와 아들은 비슷한 포즈로 사진을 찍으며 낄낄거렸다.

밥을 먹으면서도 오늘은 박진고개에서 넘어졌던 일을 계속 떠올리며 대화를 이어 나갔다.

밀양시 삼랑진읍 횟집

  인생에서 쇠락기를 맞이하는 것도 어쩔 수 없는 일이다.

  인생의 절정기를 맞이하는 사람들은 앞으로 잘 간다. 자전거 코스를 잘 타는 사람들로 비유를 들자면 코스를 직선화시켜 최단 거리로 주파하는 선수 같은 이들이다. 직선화 기술은 코너가 많은 코스의 경우 적절히만 적용한다면 정말 빨리 갈 수 있다.

  이렇게 탄탄대로를 가는 사람들은 구간 구간의 연결을 능숙하게 할 수 있어야 하며 집중도를 높여야 한다. 쉬지 않고 코스를 한 번에 돌아야 하며, 다운힐도 중간에 구간 연습을 하지 않고 한 번에 통과한다. 힘을 비축하고 폭발시켜야 할 때와 장소를 잘 파악하고 자신의 한계를 알아 영리하게 잘 탄다.

경쟁하는 경우라도 경쟁자를 추월하기 위하여 힘을 써야 할 자신만의 시기와 장소를 정해야 하고, 일단 들어가면 추월이 어려운 트랙에 먼저 진입하기 위하여 노력한다.

체력의 소모가 많거나 난이도가 높은 코스를 기억하고 있을 경우 미리 가벼운 기어로 바꾸거나 소극적인 주행도 잘 하지 않는다. 오히려 고통을 즐길 자세로 최대한 밀어붙인다.

하지만 이는 능숙하고 이미 많은 실패 경험 그리고 그만큼의 성공 경험을 동시에 누려봤던 사람들이나 가능하다. 초심자로서는 영 불가능하다. 초심자가 그렇게 시도를 했다가는 크게 다칠 수 있다.

또한, 많은 성공을 이룬 사람도 어느 순간은 그런 직선화로 빨리 주파하는 삶의 방식에 회의를 느낄 때도 생기기 마련이다. 그럴 때는 직선의 삶보다 곡선의 삶으로 선회하는 것도 나쁘지 않다.

항상 사람이 긴장한 채로 달릴 수는 없다. 느슨하게 이완되어야 할 때도 분명 필요하다.

원래 자연은 곡선이다. 자연스럽게 만들어진 길도 곡선이다.

직선은 너무 끝이 빤히 보인다. 결말이 그려진다. 그래서 더 향하게 되는 것이고 추구하는 것일 수도 있지만 너무 끝이 빤히 보이면 전력을 다할 맛이 사라질 수도 있다.

약간 모른 채로 달리는 것도 인생의 맛이다. 이것이 곡선의 묘미다. '곡선의 삶'은 약간 느리다. 시간이 더 걸리고, 그만큼 얻는 것도 더디다.

하지만 직선의 삶일 때 모르고 지나친 것들을 곡선의 삶에서는 많이 얻을 수 있다. 걸으면 길에 있는 작은 돌 하나, 길섶에 있는 풀 한 포기까지 볼 수 있다.

직선의 삶이 규격화된 하나의 삶에 값어치를 두고 서로 갖고자 투쟁하는 것이라면 곡선의 삶은 모든 사람이 저마다 삶의 가치를 인정받는 공존의 삶이라고 누가 말했다.

무엇보다 곡선의 삶은 아름답다. 곡선의 삶은 온기를 품고 있다.

언뜻 보기엔 직선의 삶을 살고 있어서 멋있는 사람들이 있다. 어딜 가나 당당해질 수 있는 아이템을 손에 가득 쥐고 있는 것처럼 보인다. 가만 보니 초-중-고-대학교를 엘리트 코스로 쫙 걸어왔고 앞으로 사회인의 길도 척척 걸어 나갈 것 같은 사람들이 있다.

그러나 이런 이들도 한 번씩은 인생에서 변곡점을 맞이한다. 가끔은 우연찮은 계기로 직선화 길에서 벗어나 쉬어가기도 한다.

왜 그런 것일까? 여유 없이 달리다 보면 방향의 종착점이 엉뚱한 곳이 될 수 있기 때문이다. 몸과 마음이 아플 수도 있고, 소중한 사람들을 잃을 수도 있고, 자신이 추구한 가치가 옳은 것이 아니라는 것을 깨달았을 수도 있다.

중간에 물을 마시면서 쉬기도 하고 지형과 환경을 살피며 길의 끝을 유추할 수 있는 설계도를 그리는 곡선의 시간을 가져야 할 때를 한 번쯤은 누구나 맞이한다.

직선이 나쁘다는 말은 아니다. 당신이 직선의 삶을 원하면 그렇게 살아라. 하지만 조금 빙— 돌아가더라도 나만의 경험과 생각과 주체성을 적립하면서 가는 길도 충분하다. 오히려 지치지도, 무너지지도 않는 튼튼한 길이 될 것이라 생각한다.

자신이 직선의 삶이 아니어서 자책하거나, 직선의 삶을 보고 상대적 박탈감을 느낄 필요도 전혀 없다. 남과의 비교는 여기에서도 의미가 없다.

인생을 길게 본다면 두 가지 삶을 다 살아볼 수밖에 없다.

어쩔 수 없이 내리막길을 걷게 된다면 어떻게 해야 할까? 그것 또한 받아들여야 한다. 인생 전체를 놓고 보면 실패했을 때나 성공했을 때나 똑같은 내 인생이니까…. 내리막길이나 오르막길이나 똑같이 내가 가야 할 길이다.

인생은 과정이 중요하지, 결과가 중요하지 않다. 내리막길이나 오르막길이나 내 인생의 하루하루가 모두 우리의 인생을 구성하는 것이다.

우리는 살면서 무수한 과도기를 겪는다. 그런 만큼 인생은 매 순간이 중요하다. 하루하루가 소중하고 귀하다. 한 시간, 한 시간이 바로 황금시대인 셈이다.

살다 보면 가슴 아프고 속상한 일들이 생긴다. 인생이라는 게 원래 그런 것이다. 수많은 변화와 마주치며 대응하며 굽이치며 살아간다. 어제의 순풍이 오늘은 역풍일 수 있다. 어제의 적이 오늘의 동지가 되기도 한다.

어렵고 까다롭고 종잡을 수 없기에 삶은 살아볼 만한 가치와 재미가 있다.

어제가 오늘이고 오늘이 내일이라면 인생은 얼마나 재미없을 것인가?

고통 속에 환희가 들어 있고 어려움 속에 쉬움이 들어 있고 어두움 속에 밝음이 들어 있는 것이다. 지금이 어둡다면 밝음을 생각하라. 지금이 고통스럽다면 기쁨을 생각하라. 지금이 어렵다면 쉬움을 생각하라. 지금이 지루하다면 경이와 흥미를 생각하라.

긍정의 마음이 긍정의 세상을 만든다. 행복이라는 파도는 순간순간 밀려 들어오는 일상 속 소소한 기쁨의 잔물결이 만들어 낸 선물인 것이다.

여유로운 내리막길을 즐기려면 주변을 경계하라

"지훈아! 기억나니? 박진고개 내리막길에서 우리는 세 번이나 넘어졌었지. 산악등반의 대가인 엄홍길 대장도 오르막을 오르는 것보다 내리막을 내려올 때가 더 힘들다고 말씀하셨어.

원래 인생의 하강기에는 예기치 않은 많은 일이 한꺼번에 온단다. 삶의 어퍼컷들을 정신없이 여러 번 맞으면 머리가 흔들리고 시야까지 흐려지게 돼. 최선을 다한 후에 정상에서 만족감을 느낀 후 얻는 내리막길에서의 여유는 신경을 쓰면서 주변을 살피면서 내려올 때 가지는 여유지, 그냥 생각 없이 내려올 때는 절대 가질 수 없는 것이야.

그러니 인생 하강기에는 몇십 배 더 조심하도록 해."

6월 24일 19:20 그린내 커피숍에서 나와 다시 출발했다.

6월 24일 20:40 양산에 도착했다. 숙소로 잡은 헤븐호텔에 도착했다. 오늘의 주요 대화의 소재는 '내리막길'이었다.

자연히 인생에서 가게 될 수 있는 내리막길에 관해서도 이야기가 오갔다.

브레이크로 속도 조절을 하면서 그 속도의 주인이 되어 목적지에 간 소중한 경험은 살아가면서 많은 힘이 될 것이다. 인내를 갖고 최선을 다한 후 정상에서 느끼는 만족감은 무엇으로도 표현할 수 없다.

인생 고개를 땀 흘리며 힘들게 올라올 때는 전후좌우 살필 겨를도 없이 정상만 바라보고 정신없이 올라왔는데, 정상에 올라온 뒤 내 흔적을 복기해 보면 누구나 아쉬움과 후회를 가질 수밖에 없다.

그것을 잘 다독여야 한다. 완벽한 인생, 완벽한 만족감이란 없다. 그런 아쉬움이 오히려 또 다른 삶의 동력이 될 수 있다.

정상에 오르면 내려오는 것이 인생사다. 사실 인간은 아래로 떨어지는 것에 익숙하다. 지구에 중심부로 향하는 중력이라는 힘이 늘 작용하기 때문이다. 우리 또한 아래쪽부터 몸을 지탱하고 있기에 중심부는 기본적으로 아래 방향이 된다.

그런데 흔히 '떨어지다'라는 표현은 지극히 부정적 표현으로도 사용된다. 쇠락, 소멸, 실패 등을 뜻하기 때문이다.

인생 하강기에 나타나는 현상들이 있다.

마음이 이유 없이 불안해진다.

주변 사람과 다툼이 생기고 마음의 상처를 많이 받게 되고 음해를 많이 받는다.

믿었던 지인이 나를 배신한다.

나를 포함한 가족들의 사고가 빈번하게 발생한다.

니의 건강에 이상이 생긴다.

하는 일마다 꼬이기 시작한다.

심신도 지치고, 지인을 잃고, 가정과 회사에 힘든 일이 닥칠 수도 있다.

그리고 이 모든 것들이 한꺼번에 닥칠 때도 있다.

내려올 때가 더 힘들고 위험한 이유는 한꺼번에 가속도가 붙어서 방향이나 속도를 스스로 통제하는 것이 오르막일 때보다 더 어렵기 때문이다.

아들과 함께한 이번 종주 길에서도 내리막길에서 3번이나 넘어졌다. 통상 내리막길은 편하게 내려올 수 있다고 생각하지만 그런 여유를 가질 수 있는 것은 신경을 쓰면서 주변을 살펴서 가지는 여유이지, 그냥 생각 없이 내려간다면 오르막의 실패보다 더 큰 화를 불러올 수 있다.

속이 비어 있는 물건들은 경사로에서 엄청 빨리 굴러간다. 빈 수레가 요란하게 거침없이 굴러가는 내리막길을 상상하면 된다. 묵직하게 뭔가를 채우고 있으면 속도를 줄이면서 조금은 더디게 내려올 수 있다. 내리막길로 접어든 인생. 현재의 형편과 처지를 긍정적으로 받아들이고, 최선의 정성으로 가꾸어 가는 것만이 남은 인생을 채워가는 보람이 아닐까? 하강기의 시간을 정상에 올랐기 때문에 받는 빛나는 보상으로 만들기 위해서는 나름 많은 준비를 해야 한다.

남은 절반 동안 빈 수레에 정직과 충실로 채워 나갈 것을 다짐해 본다.

마음을 잘 다스리고 영성의 힘에 기대는 것도 좋고 매일 일기를 쓰는 것도 좋다.

인생의 스승이 될 만한 자를 만나 가르침을 청해도 좋다.

그리고 중요한 것은 다음에 올 또 다른 상승기를 대비해 자기 자신을 끊임없이 갈고 닦는 것이다.

성공과 완전함보다는
실패와 불완전함을 내보여라

"지훈아! 허술하고 불완전할 때 오히려 넉넉해질 수도 있는 거란다.

자신이 완벽하다고 착각하고 자신의 위치와 수준을 망각하는 순간이야말로

실패를 향해 한 발자국 내딛는 것이 될 수 있다.

아무것도 모르면서 절대 아는 체를 하지 말아야 한다. 모른다고 겸손히 말

하면 알려줄 사람들도 잘난 척하는 사람은 무시하는 법이다.

남 위에 서려는 생각을 하기 전, 내가 진정으로 실력을 갖추었는가를 늘

생각하렴."

성공한 것만, 자신의 완벽한 부분만 담은 사진이나 영상을 'A 컷'이라고 부른다. 조금 못하거나 보여주기 좀 그런 사진들이나 영상은 폐기 처분된다.

지금은 너도나도 모두 잘난 것들만 올리는 세상이다. 그래서 어떠한가? 솔직히 나는 너무 피곤하다. 모두 완벽하고 이쁘고 좋고 탁월한 것만 보여주는 세상은 내가 아는 세상이 절대 아니다.

사실 성공과 성공 사이에는 수많은 굴곡이 수놓아져 있다. 그것들이 거름이 되어서 성공을 만든 것은 누구나 안다.

사람들은 굴곡과 불완전함을 보이는 사람들을 무시할 수도 있고 버거워할 수도 있다. 일반적으로 굴곡과 불완전함을 극복하지 못한 사람들을 대면했을 때 보이는 반응은 그런 것이다.

반면, 굴곡을 잘 극복했거나 비록 실패하고 불완전해도 더 나아가려는 의지가 있는 사람들을 야박하게 대하지는 않는다. 오히려 자신들이 가진 것들을 나눠주어 보완해 주고 도와주려고 한다.

아들에게 남의 말을 잘 경청하고 겸손한 태도를 보이면 인생의 80%는 성공할 수 있을 거라고 확신에 차서 말한 적이 있다. 사람이 잘났다고 자기 자랑만 하면 상대방의 적이 될 가능성이 크다.

하지만 나의 실패담을 얘기하고 나의 불완전한 면을 보여주면, 나에 대한 경계심이 옅어지고 그것이 측은지심이든 연민이든 인류애든 우호적이거나 좋은 감정을 일으킬 수 있다.

나의 경우에도 그랬다. 비즈니스 관계 또는 인간관계에서 실수투성이이고 단점투성이인 사람이었지만 그래도 주변으로부터 편한 사람이라는 평가를 받았다.

그러나 편한 사람이었지 절대 우스운 사람으로 평가받지는 않도록 노력했다. 비록 존경받지는 못하지만 무시당하지는 않고 살아갈 수 있는 주요한 이유는 아마도 내가 늘 진솔하면서 나의 단점이나 실패까지도 드러내는 데 주저하지 않았기 때문이다.

상대방이 이런 나에 대해 호의적으로 받아들이면 인간관계는 이전보다는 훨씬 좋아질 수 있다. 물론 그것이 모든 사람에게 적용되는 것은 아니다.

그렇게 해서 받아들일 사람과 아닌 사람은 구분된다. 오직 스스로 선택해 그런 이들을 구별할 수 있는 감식안을 키울 필요가 있다.

원하는 결과를 얻지 못하거나 뜻한 대로 되지 않고 그르치거나 목표했던 일을 달성하지 못한 상태를 우리는 흔히 '실패'라고 부른다. 반대로 목적한 바를 이룬 것을 '성공'으로 부른다.

그런데 이는 가만히 보면 실패나 성공을 모두 '결과론적인 관점'에서 설명한 것이다. 결국 결과에서 놓고 보는 실패와 성공에 대해 '그래도 과정이 좋았잖아!'라는 자기 위로는 나약해 보인다. 그렇다고 바닥으로 떨어진 자존감이나 실패에 대한 두려움을 사라지게 만들지도 못한다.

하지만 실패 자체로 그대로 뒀을 때나 실패라는 것을 알아야 한다. 실패를 어떻게 받아들이며 마무리를 어떻게 하는지 등의 태도는 실패 그 후 가치를 가늠하는 분수령이 될 것이다.

실패가 두려워 아무것도 시작하지 않는 것보다는 다음에 또 실패하더라도 이번 실패의 교훈을 바탕으로 다시 도전해야 뭔가를 이룰 수 있다.

사실 실패가 주는 교훈이 그렇게 많음에도 불구하고 많은 사람이 실패 그 자체에 종속돼 버린다.

젊은 시절에는 산에 올라가면 내려올 것을 왜 힘들게 오르려 하느냐고 했다. 역설적으로 말하면 죽음이 예약되었는데 왜 그렇게 열심히 노력하냐고 반문할 수 있다.

그와같이 삶이라는 것은 도전의 연속이므로 도전을 삶의 전부라고 할까?

하지만 실패한 후 주저앉고 나락으로 떨어지는 사람이 있는가 하면, 실패한 후에 오히려 더 현명해지고, 더 용감해지고, 더 강해지는 사람들도 있다.

실패를 바라보는 관점이 여러 길이 있는 것이다. 누군가가 말한 것처럼 "실패를 허락할 때, 자신에게 탁월함도 허락할 수 있다"라는 말을 되새길 필요가 있다.

살다 보면 원하는 모든 것을 가질 수 없다는 걸 알게 된다. 아무리 노력해도 안 되는 일이 있고, 아무리 소망해도 이루어지지 않는 꿈도 있다.

능력이든 환경이든 한계에 부딪히는 경우가 종종 있기 마련이다. 이럴 때 사람마다 다른 반응을 보인다.

어떤 사람은 자신의 무능을 탓하며 좌절한다. 어떤 사람은 두서너 번 시도하다가 안 되면 바로 포기하고 다른 길을 찾는다. 혹은 자기가 이루지 못한 것이나 갖지 못한 것에 대하여 여러 가지 변명으로 합리화하는 사람도 있다. 내가 문제가 아니라 다른 사람이 문제라고 말하고 사회나 시대를 탓하며 살아간다.

사람들이 자기의 능력이 부족하다고 인정하는 일은 쉽지 않다. 어쩌면 자신을 탓하느니 남을 탓하는 것이 더 쉽고, 오히려 정신 건강에는 더 이로울 수도 있다. 그러나 자기 합리화는 실패를 대하는 좋은 태도가 아니다. 자신 외의 다른 모든 것을 부정적으로 바라보고 비난하는 것은 자기 발전에 하등 도움이 되지 않는다.

오히려 자신의 약점을 솔직하게 인정하고 실패를 겸허히 받아들인다면 실패를 딛고 다시 일어설 기회가 생긴다. 자신의 약점을 알기에 더욱 노력하게 되고 더 나은 길을 모색하게 된다.

성공하는 사람은 실패하지 않았다고 우기는 사람이 아니다. 오히려 실패를 인정하고 이를 반복하지 않으려 노력하는 사람이다.

실패와 고난은 인생 내내 언제든 닥칠 수 있다. 극복해야 다음 단계로 나아갈 수 있게 해준다. 그 역경에서 교훈을 배우지 못한 채 그저 고통스러워하기만 하는 것은 얼마나 비극적인 일인가?

못나고 어리석은 사람은 무슨 일만 생기면 다른 사람 잘못만 지적하는 인생을 살 수밖에 없다. 실패가 있더라도 다음과 같은 자세를 가진다면 같은 실패는 반복하지 않을 것이다.

√ 실패에서 겸손을 배워야 한다.

√ 실패에서 현실을 직시하는 태도를 배워야 한다.

√ 실패에서 책임감을 배워야 한다.

고로 내리막에서는 끝까지 내려간 후에 예열을 통해 다시 정상을 향해 힘차게 차고 올라가야 한다.

　이 원리는 공중에서는 스프링 작용을 할 수가 없어 마지막 땅에서만 스프링 작용을 할 수 있는 것과 같다. 마지막 땅에서는 오르막만이 존재하니까.

　그리고 정신이 힘들 때는 체력을 60% 보강하고 체력이 떨어질 때는 정신을 60% 보강하여 조화를 이루도록 하여라.

선한 영향력을 가져야
진화할 수 있다

"지훈아! 인간은 세 부류로 정의할 수 있다.

첫 번째는 동물보다 나은 사람, 두 번째는 동물과 같은 사람, 그리고 마지막으로는 동물보다 못한 사람이다.

동물보다 나은 사람은 알기 쉽게 이야기하자면 배가 고파도 남을 위해 배려하고 미래를 위해 준비하는 사람이고, 동물과 같은 사람은 주변의 환경과 미래에 관해 관심이 없으며 오직 오늘의 의식주에만 모든 역량을 집중하는 자이며, 동물보다 못한 사람은 배가 불러도 타인의 것을 수단 방법을 가리지 않고 빼앗고 약자를 무시하고 겁박하는 자야.

사람으로 태어났다면 동물보다 더 나은 사람이 돼야겠지.

지훈이는 남을 떠받들 수 있는 내면이 강하고 선한 사람이 돼야 해."

앞에서 '사람 인人' 자에 대한 설명을 한 바 있다.

아래에서 떠받치고 있는 일— 자는 결코 약해서 누군가를 떠받는 것이 아니다. 타인을 도와주고 뒷받침을 해줄 수 있을 정도로 강한 인간이기에 가능한 것이다. 불균형 속의 균형은 힘을 가져야만 가능하다.

실제로 이 사회는 예전과 다르게 많이 생각하고 행동의 자유는 평등해진 영역도 많다. 하지만 자본주의 사회이기 때문에 부나 자원의 분배에 의해 어쩔 수 없이 불평등한 영역이 더 가중되었으며 앞으로 더 생길 수밖에 없다.

하지만 아흔아홉 섬을 가지고 있는 사람이 한 섬을 가지고 있는 사람의 쌀을 정당한 사유 없이 강탈하는 사람이 되지는 말아야 한다.

사람으로 태어났다면 선한 일이나 남을 돕는 일을 하는, 동물보다 더 나은 인간이 되어야 한다.

사실 타인을 돕는 것은 궁극적으로는 본인을 돕는 것과 마찬가지다. 남을 위해 봉사할 때 몸 안에서는 나쁜 바이러스를 없애주는 면역 물질이 나온다는 사실은 과학적으로도 증명된 사실이다.

여러 연구에 따르면 남을 돕는 행위는 타인의 건강과 행복뿐만 아니라 자신의 건강과 행복도 개선하는 결과를 낳는다는 것이 밝혀졌다. 자원봉사를 하는 사람은 그렇지 않은 사람에 비해 행복도와 삶의 만족도가 높았고 사망률이 낮았다.

남을 도우면 스스로에 대한 자부심이 높아지고 에너지와 활력도 증대된다. 이런 현상을 '헬퍼스 하이Helper's High'라고 부른다. 모르는 사람을 대가 없이 도울 때 엔도르핀이 분비되면서 심리적 만족감을 커진다. '테레사 수녀 효과'라고도 부른다.

즉 남을 돕는 행동은 남을 돕는 일이자 동시에 나를 돕는 일이다.

물론 행복감과 비례하는 자발적 이타심이 절로 나오는 것은 아니나. 어쩌면 착한 사람의 돕는 행동이라도 그 이면에는 모종의 보상을 받으려는 동기가 깔려 있을 수도 있다.

하지만 가끔 우리가 언론에서 보는 경우처럼 우리 사회에서는 아직도 이런 호혜성 이타주의보다 아무 대가 없이 남을 돕는 사람들도 많은 것이 사실이다.

다른 사람을 돕는 행위는 온정의 씨앗을 심는 것이고 그것은 연민의 영역을 넓힌다.

이타주의는 사랑하는 사람들이나 가족에게 하는 것과는 다른 것이다. 쓸쓸한 말이지만 요즘에는 사랑하는 이에게 간이고 쓸개고 다 퍼줄 작정으로 격정적으로 사랑하는 젊은이들도 많이 줄어든 것 같다.

그런 청년들이 타인을 향해서는 얼마나 많이 선의를 베풀 수 있을까 싶었는데 그럼에도 불구하고 언론을 통해 간간이 나오는 '돈쭐'(돈+혼쭐의 합성어)이라든지 '착한 소비' 같은 것들을 보면서 아직은 이 사회에 선한 청년들도 많이 남아 있는 듯싶어 안도감이 든다.

사람다운 사람으로 살아가려면 신체적 건강과 정신적 건강 둘 다가 필요하다. 나는 지훈이가 선한 영향력을 가지고 소유하고 있는 재능이나 부를 사회에 환원할 줄도 알면서 행복하게 살아가기를 바란다.

하지만 자리이타自利利他여야 한다. 스스로를 먼저 이롭게 하고 능력을 키워야 한다. 능력이 없는데 남을 돕는 건 죄다.

　아래에서 떠받혀 줄 수 있는 한 사람이 되기 위해서는 그만큼 능력과 힘을 가져야 한다. 남을 돕기 위해서는 그에 상응하는 내면의 힘과 외면의 능력을 갖출 필요가 있다.

인생에서 시간의 가치가
똑같지 않다

"지훈아! 우리는 같은 시간이 아니다. 모든 세대는 서로 다른 시대를 살아왔고 각 시대에 걸맞은 속도로 살아왔을 것이다.

시간의 가치 역시 달라서 지금 세대가 기성세대가 추구했던 속도에 반감을 가질 수도 있을 것이다.

그런 의미에서 서로 다른 시대를 살아온 세대에게 다른 시대를 산 세대가 본인 관점에서 자기 이야기를 하며 정답이라고 우기는 태도가 바로 꼰대의 전형이라고 생각해.

세대별로 '시간'에 대한 관념은 다를 수밖에 없어. 그러니 세대 간 문화적 충돌이 생기는 것도 어쩌면 자연스러운 현상일 거야.

하지만 그대로 평행선을 달리도록 내버려두면 안 돼.

우리가 가진 서로 다른 시간의 가치를 존중하고 이해할 필요가 있어."

시간은 정말 중요하다. 나처럼 산업화 시대 빨리빨리 문화가 지배하던 시기를 살아온 세대들에게는 시간을 금쪽같이 쓰는 것이 매우 당연했다. 근면함은 성공을 가져다주는 소중한 미덕이었다.

물론 지금 세대들에게도 시간은 매우 소중하다. 하지만 가끔 우리와는 다르게 시간의 가치를 산정하는 것을 보기도 한다. 자신들이 좋아하는 것들에 대해서는 들입다 몰입하고 시간 투자를 아끼지 않고 하는 데 비해서 그렇지 못한 것들에 대해서는 깍쟁이처럼 한 톨조차 쓰기를 싫어한다.

일반적으로 사회에서 용인되는 시간관념이 많이 달라진 것 같다.

'삶과 일상'으로서의 문화라는 관점에서 이야기하자면 지금 청년들이 중요하게 생각하는 키워드로 '워라밸', '소확행', '취미 생활 중시', '유튜브', '느슨한 연결', '결혼과 출산에 대한 당위성 탈피'가 있다. 그중에서 단연 하나를 꼽으라면 '워라밸work-life balance'이 될 것이다.

지금 청년들은 삶과 일의 균형, 여가 생활, 자기만의 자유 시간, 취미 활동 등 이런 부분에 대해 전 세대에 비해 훨씬 더 중요시 여기는 경향이 짙다.

일례로 예전에 출근 시간을 앞두고 30분 전에 출근하는 등 일찍 현관문을 나서 직장으로 향했다면, 지금은 칼같이 출근 시간에 맞춰서 회사에 도달하는 젊은이들이 많다. 그리고 칼같이 퇴근한다.

10분이라도 일찍 자기 자리에 앉으라는 내 말이 꼰대의 잔소리처럼 들릴지는 모르겠지만 오랜 사회생활을 하면서 자기 업무에 돌입하기 전 갖는 10분이 얼마나 엄청난 것인지를 알려주고 싶다. 같은 의미로 퇴근하면서 갖는 10분 역시 정말 중요하다. 많은 시간도 필요 없다. 단 10분이다.

사실 업무를 시작하기 전에 가지는 약 10분은 마인드를 다듬는 시간으로 활용해야 한다.

내 일상 속 본연의 나와 결별하고 공적 조직원으로서 워밍업을 하기 위해선 다소 시간이 필요하다. 슬슬 시동을 걸 시간이 필요하다. 하루 스케줄을 확인하고 오늘 해야 할 일의 경중을 따지면서 리스트업을 하는 사람과 시간 딱 맞춰 업무가 시작된 시간에 그제야 그런 것들을 하기 위해 부스럭거리며 커피를 마시는 사람 사이에는 엄청난 격차가 있다. 이미 출발점이 다르다.

퇴근할 때도 오늘 미완인 것들과 완성한 것들을 분류하고 내일 다시 해야 할 것들의 우선순위를 정한 다음 퇴근하면 오히려 머릿속에 회사 일이 깔끔하게 사라진 채로 가볍게 퇴근할 수 있다.

나는 '살인'만큼 나쁜 것이 '살시殺時'라고 생각한다.

시간을 오롯이 내 휴식이나 여가, 가치 있는 사회활동에 쓰는 것도 아니고 일하는 것도 아니고 그냥 허공 속에 날려버리는 것만큼 안타까운 일은 없다.

한 시간 정도 그냥 멍을 때릴 수도 있다. 인간이 어떻게 매번 팽팽하게 조율된 악기 줄처럼 조여만 살 수 있을까. 나도 그렇게 멍하게 있는 시간이 있다. 하지만 다음과 같은 시간의 소중함을 알게 된다면 쉽사리 시간을 흘려보내지 못할 것이다.

어느 책에서 본 시간의 가치에 대한 예시들이다.

한 달의 가치를 깨닫기 위해 미숙아를 낳은 어머니에게 물어보라.

일주일의 가치를 깨닫기 위해서는 주간 신문의 편집자에게 물어보라.

1시간의 가치를 깨닫기 위해서 약속 시간을 기다리는 연인에게 물어보라.

1분의 가치를 깨닫기 위해 기차를 놓친 사람에게 물어보라.

1초의 가치를 깨닫기 위해 가까스로 사고를 모면한 이에게 물어보라.

1,000분의 1초의 가치를 깨닫기 위해 올림픽에서 은메달을 딴 이에게 물어보라.

시간의 진정한 가치는 흥청망청 내 시간이 많을 때가 아니다. 시간만 많이 널려 있다고 내 시간이 많은 것이 아니다. 예측 가능해서 내가 활용이 가능한 시간이야말로 내 고유의 '시간'인 것이다.

이런 시간이야말로 삶의 만족도를 높일 수 있는 진정한 시간이다. 그 시간을 친구나 가족, 만나고 싶은 누군가와 함께 나눈다면 시간을 정말 잘 활용한 셈이 된다.

지훈이에게 조직 속 조직원으로 잘 생활하기 위해 건넨 조언들이 있다.

지위 고하를 막론하고 인사를 잘하라는 것이다.

인사는 자신을 낮추는 일인 동시에 겸손을 배우는 것이다. 항상 자신을 낮추는 자세로 살아가는 것이 결코 낮아서가 아님을 알려주었다. 벼도 익으면 고개를 숙이듯 배움의 자세로 인사성 바른 사회인으로 성장하면 실력과 관계없이 50%는 성공의 길에 접어들었다고 할 것이다.

그리고 인간성을 근본으로 업무에 정통해야 한다.

인턴부터 직원으로의 선택에는 상호 협의가 이뤄져야만 계약 관계가 성립한다. 내가 젊었던 시절에는 일할 곳이 많았다. 군대에서 제대하고 첫 식상에 근무한 시기가 1985년도였다. 성장기에 무난히 진입해 사회생활을 한 셈이다.

지훈이는 직장을 선택한 후에 모든 역량을 집중하여 업무부서 관계없이 많은 업무를 접하고 3년 후에 조직에서 파트너로 업무를 제안받을 정도로 업무에 정통하기를 바란다.

그러자면 가장 중요한 것이 근면성이다.

제일 먼저 출근하고 제일 늦게 퇴근해 보는 것도 좋다. 근면성의 표본 같은 행동 아닌가. 누구를 위해서가 아니고 스스로를 위한 기본 행동이다. 그게 그렇게 어려운 일도 아니다.

아침에 5시 반쯤 일어나 출근을 하는 것이다. 6시에 출근해 회사 인근에 있는 헬스장에서 운동하고 샤워를 한 말끔한 상태로 다시 회사에 와도 넉넉히 잡아 7시 반이다. 그때에도 출근한 직원들은 거의 없을 것이다. 아들의 상사가 회사에 출근하는 8시

반에는 컴퓨터를 보면서 인사를 하는 지훈이를 볼 것이다.

반대의 경우를 상상해 보자. 6시 반에서 7시 사이에 일어나 씻고 출근한다. 그런데 이미 그때는 출근족들이 끌고 나온 자차 행렬로 도로가 꽉 막힌다. 겨우겨우 8시 반에 출근하더라도 정신없이 들어와 그때부터 커피를 타고 컴퓨터를 부산하게 켜는 지훈이를 상사는 볼 것이다.

어차피 8시 반에 책상을 지키는 지훈이를 상사가 보는 것이지만 결과는 사뭇 달라질 것이다. 상사라면 과연 어떤 모습을 더 선호할까. 자명한 일이다. 이미 시작점이 달라지는 것이다. 그렇다면 결과 역시 확연히 달라지지 않을까? 지훈아!

아들과
함께 떠난
가장 아름다운
이별을 위한 동행

인생 라이딩 6일차

"균형을 찾으면
자유로워진다"

치우치지 않는 마음가짐이 중요
_ 번아웃(burnout) 주의보

"지훈아! 듣기 좋은 꽃노래도 한철이라는 말이 있단다. 뭐든 과하면 안 되는 법이다.

열정도 에너지이기 때문에 채워 넣지 않으면 언젠간 고갈된단다. 열정을 발휘한다는 것은 어쩌면 자신을 몰아세우는 것이고 어찌 보면 편히 살고자 하는 욕구를 참는 것이다.

하고 싶은 것을 억제하기 위해 어릴 때부터 훈련하는 것이 중요해.

정말 어른 같은 어른들은 자기 통제력이 뛰어난 사람들이야. 그럼에도 완벽한 사람은 이 세상에 없어.

참는 것도 한계가 있으니까. 치우치지 않는 마음가짐이 중요해. 너무 절제만 하다가 추구만 하다가 탈력감에 지쳐 쓰러지면 안 되니까. 오히려 자기 인생 시계를 후퇴시키는 게 될 수도 있어. 균형을 잘 찾는 것이 필요해."

　

자전거 주행을 하는 마지막 날이었다. 내일이면 끝날 것이다. 서서히 6박 7일의 긴 장정이 끝나가고 있었다. 둘은 아쉬움 반, 시원함 반으로 아침부터 짐을 꾸리고 몸을 풀고 다시 안장 위에 몸을 실었다.

`6월 25일 09:10` 역시 끝날 때까지 끝난 것이 아니었다. 어제 많은 거리를 주행한 탓인지 자전거를 점검하니 내 자전거 타이어가 펑크가 나 있었다. 500m 주변에 수리점이 있었기에 타이어 튜브를 교체했다. 시간이 지체됐지만 마음이 그리 조급하지는 않았다.

낙동강 하구 인접

`6월 25일 12:00` 드디어 부산 낙동강 하구에 도착했다. 한가로워 보이는 하구 풍경을 보면서 이제 마무리를 해야 했다. 오늘은 숙소 입실도 다른 일정과 다르게 일찍 할 예정이었다. 국토 종주 633km 완주 기념으로 주변에 있는 사람에게 기념사진을 부탁하여 찍었다. 나도 모르게 코끝이 찡했다.

낙동강 하구

잠깐이지만 지훈이와 차에서 나눈 대화는 '삶의 균형'이 주제였다.

인생이란 험한 길을 가기 위해서는 끊임없이 노력하는 자세도 중요하지만 지나치거나 모자라지 않고 한쪽으로 치우치지 않는 마음가짐도 함께 가져야 한다.

우리가 끝낸 자전거 여행에서 내내 느꼈던 바였기에 지훈이도 쉽게 이해했다.

자전거의 속성상 옆으로 쓰러지지 않기 위해서는 균형을 잡으면서 페달을 끊임없이 밟아야 한다. 제아무리 균형 감각이 뛰어나더라도 바퀴를 굴리지 않는 이상 자전거는 멈춰 선다.

반대로 아무리 열심히 페달을 밟아도 중심을 잡지 못하면 자전거는 멀리 가지 못하고 넘어진다.

그러나 자전거를 배우면서 옆으로 쓰러지는 것을 두려워해서는 안 된다. 자전거를 타려면 넘어지고 부딪치는 고통을 감수하고 극복해야 한다. 자전거를 배우는 과정에서 수반되는 고통과 두려움은 외면할 수도, 외면해서도 안 된다.

우리가 세상을 살면서 실패를 두려워해서는 안 되는 것도 이와 비슷하다.

세상을 살다 보면 많은 실패를 경험한다. 하지만 많은 실패가 나쁜 것만은 아니다. 실패가 반복될수록 성공 확률이 높아지기 때문이다. 우리는 실패에 좌절하지 말고 실패에서 교훈을 찾는 현명한 사람이 되어야 한다.

어느 정도 마음을 내려놓고 편히 사는 순간도 필요하다. 그런데 편히 쉬는 것도 요령이 필요하다. 쉰다고 쉬었는데 그 쉼이 우리를 회복시켜주지 않고 남에 의해 이끌리고 심지어 재미도 없어 고행이고 고역이 될 수도 있다.

실패에서 받은 낙심과 우울을 회복하기 위해 좋은 사람들을 만나는 것까지는 좋다. 하지만 그 과정이 만만찮아 쉽게 피로해진다. 좋자고 만난 사람들이 거추장스러운 일이 되는 것이다. 시간을 조율하고 좋은 장소를 물색하고 여러 가지 준비를 해야 한다. 가기 전부터 지치는 것은 진정한 쉼이 아니다.

쉬는 시간이 일처럼 느껴지면 안 된다. 뭐든 다 놓아 버리고 편안해질 필요가 있다.

놀면서도 그 노는 시간의 효용을 따지고 그 이후의 처리들을 따지면 그 순간부터 제대로 노는 것이 아니다.

번아웃을 해결하려면, 진짜 내가 뭘 좋아하고 뭘 좋아하지 않는지를 정확히 알아야 한다.

나의 하루를 무엇으로 채우면 좋을지 곰곰이 생각해 볼 필요가 있다. 자신이 살고 싶은 인생, 자신이 찾고 싶은 삶의 의미와 결을 잘 파악해야 한다.

사회가 요구하거나 규정한 성장, 여가, 휴가는 피곤할 수 있다. 나만의 것을 찾아야 한다. 타인에게 자기 감정의 결정권을 주지 말고 자기 마음은 스스로가 다스릴 수 있어야 한다.

인생도 시계추처럼 열심히 움직이되 큰 흔들림 없이 균형을 지켜나가며 살아야 한다. 자신만의 본성과 완벽한 조화를 이룬 가운데 하루를 살아야 충만한 인생 자체를 쌓아갈 수 있다.

우리의 인생을 조금은 원활하게 해주는 삶의 기술들은 다음과 같다. 내게는 매우 유용했다. 이런 기술들을 잘 익힌다면 크게 도움이 될 것이라고 확신한다.

- 매일매일의 과제와 도전을 효과적으로 잘 감당하기 위한 능력
- 크고 작은 문제를 해결하면서 좋은 결정을 내리는 능력
- 사람들과 관계를 맺고 갈등을 풀어가는 기술
- 자신의 생각과 감정을 조절하고 스트레스에 대처하는 기술
- 자신을 이해하고 받아들이는 기술
- 감정과 생각을 다스릴 줄 아는 기술
- 자신만의 가치와 인생관을 가지는 기술
- 다른 사람들과 어울려 사는 기술

적정 속도로
삶을 완주하는 법

"지훈아! 살아보니 삶의 각 단계에서는 그 단계에 맞는 속도들이 다 다르더구나.

출발선에서 준비도 없이 나가 버리면 실격을 당하는 달리기처럼 너무 생각 없이 속도만 쫓아도 안 되고, 마지막 스퍼트를 다해야 하는데 그 시점을 몰라 체력이 남아 있음에도 불구하고 간발의 차이로 속도를 내지 못해 처져 버리는 인생이 되어서도 안 된다.

인생살이 전체를 마라톤이라 보더라도 각각의 발달 단계에서 해야 할 주행법은 다 달라. 100m 단거리 달리기를 하는 구간이 있을 수 있고, 중거리 달리기 또는 장애물 달리기를 해야 하는 구간을 만날 수도 있어.

단계별로 적정 속도로 주파하는 법을 알아야 해. 각 단계별로 필요한 소질, 적성, 마음가짐을 잘 알아야 삶을 잘 완주할 수 있단다."

6월 25일 14:30 부산시 기장읍 아난티 힐튼 호텔에 도착했다. 마지막으로 머무는 숙소라 지훈이와 본인을 위해 이번 여행지에서 가장 좋은 곳으로 잡았다.

호텔 내부 '맥퀸지 바앤그릴'에서 저녁 식사로 양고기에

맥주를 곁들여 먹었다. 식사 이후 가족을 형상화한 철제구조 장식물 앞에서

지훈이의 미래 가족을 생각하며 사진을 찍었다.

부산 해운대 아난티

소화를 시킬 겸 해동 용궁사를 산책했다.

용궁사

여행 종료일 전날 나와 지훈이는 이번 자전거 여행의 소회를 허심탄회하게 나누었다.

처음 우리가 7일간의 자전거 여행을 기획하고 진행할 때는 두려움과 걱정으로 시작했던 것이 사실이었다.

집에서 출발해 한강~남한강~문경새재~낙동강 길을 하루 최소 100km를 목표하여 잡았음에도 생각 외로 잘 소화한 것 같았다. 실제 5.5일 만에 완주하여 시간의 자유를 얻었기에 누릴 수 있는 여유를 우리는 자축하며 맘껏 누렸다.

나는 나의 아들 지훈이가 이번 여행에서 많은 것을 깨닫고 생각하기를 바랐다. 아들의 여행 감상을 들어보니 소기의 목적은 조금 이룬 것 같아서 내심 뿌듯했다.

살아내는 과정 속에서 수많은 시행착오를 거치며 삶의 기술을 깨닫고 연마하는 것이다. 이번 자전거 타기는 우리네 인생과 유사한 부분이 많았다. 지훈이도 깨달은 바가 많았다고 한다.

아버지인 나의 자전거는 이동 속도를 올리기 위한 수단이자 방편이었다. 앞으로 잘, 빨리 달리는 것이 생존이자 삶의 경쟁력

226

이었던 시절이 있었다. 그래야 더 많이 먹거리를 차지할 수 있었고, 더 빨리 달려야 강한 자에게 치이지 않았다.

마침표, 쉼표, 느낌표의 중요성도 무시했다.

열심히 살았던 덕분에 나름 일가를 이루며 무탈하게 살고 있다. 그런데 살아보니 인생에서 항상 전력 질주를 하면 너무 힘들 수밖에 없다. 인생살이 구간 구간마다 100m 달리기가 있는가 하면 장애물 경기도 있고 마라톤 같은 오래달리기도 있었다.

살면서 보니 단거리 경주를 잘하는 이가 있는가 하면 중거리 경주를 잘하는 이가 있고, 장거리 경주를 잘하는 이가 있는가 하면 장애물 경주를 잘하는 이도 있었다. 저마다의 소질과 적성에 맞게 사는 게 지혜이고 축복처럼 보였다.

어떤 사람은 속도는 느리다. 하지만 지구력이 좋아서 오래달리기에서는 발군의 실력을 뽐낸다. 오래 달리는 경기에서 처음에 나를 추월해 신나게 달리던 이가 뒤로 처지는가 하면 잘 달려서 '아, 도저히 저 이는 이기지 못하겠구나!' 하고 생각되는 사람이 오버 페이스로 중도에 주저앉는 모습도 많이 봤다.

그리고 몇 번을 우승하고 열심히 잘 달리던 사람이 어느 날, 무릎이 고장나 전혀 뛰지 못하는 것을 보기도 했다.

가끔은 느낌표와 쉼표도 중요하다. 하지만 그것을 모른 체하며 살아가는 경우가 많다. 좀 쉬거나 앉아서 감탄하면 도태되는 것이라고. 영원히 마침표를 찍는 것이라고 공포스러워했다.

이번 자전거 여행에서 속도 못지않게 지구력도 중요하다는 걸, 과욕은 금물이라는 걸, 준비 없는 완주는 없다는 걸, 인생살이에 집중과 선택이 참으로 중요하다는 것을 깨달을 수 있었다.

완벽주의가 건강과 행복에 그리 도움이 되지 않는다는 것도 깨달았다. 타이어가 펑크 나고 내리막길에서 넘어지는 등 인생에 완벽하지 못한 순간은 늘 오기 마련이다.

그럴 때마다 자기 연민에 깊게 빠지면 쉽게 일어나지 못할 수 있다. 포기하는 순간 끝이 아니라 새로운 기회로 이어질 수도 있다는 점을 잊어버릴 수도 있다.

부정적인 생각에 빠지고 고집과 집착을 버리면 편해진다는 것을 알면서도 현실에서는 내려놓지 못하고 후회를 거듭하며 우울감에 젖어 있기도 한다. 기분 나쁠 줄 뻔히 알면서도 다른 사람과 비교해 불필요한 열등감에 휩싸이기도 한다.

모든 일에 때가 있기에 기다림의 소중함을 말하지만 막상 조바심과 초조함으로 힘들 때가 있고, 마음의 여유를 말하지만 빡빡한 일상을 버리지 못한다.

그럴 때는 어떻게 해야 마음이 조금 편할 수 있을까?

일상을 작은 단위로 쪼개서 각각 활동을 음미해 볼 필요가 있다. 작은 즐거움이 쌓여 큰 즐거움과 긍정 에너지로 전이된다.

감당할 만한 수준으로 축소하고 의미 있는 몇 개의 활동에 집중하다 보면 능률도 의미도 즐거움도 올라간다. 단순함이란 삶을 축소시키는 것이 아니라 복잡한 삶에서 엑기스만을 증류하여 걸러내는 것이다. 중요한 본질만 가지고 사는 것이 중요할 때가 있다. 이렇게 보면 복잡한 것을 심플하게 만들라는 말이 맞아 보인다.

하지만 또 복잡한 문제를 너무 단순하게 풀려고 하면 일이 더 복잡해지는 경우도 있다. 복잡한 문제는 그렇게 난맥상으로 꼬인 이유가 있다. 너무 쉽게 접근하면 오히려 그르칠 때도 있다. 제대로 풀어 나가기 위해서 난마처럼 꼬인 그 일의 시원과 병목 지점을 자세히 파악하고 원인을 강구해야 한다. 조금 시간이 걸리더라도 자세히 들여다봐야 하는 인생사도 있는 법이다. 이걸 해결하기 위해 다소 시간이 지체된다면 지금의 쉼표를 수용할 필요도 있다.

그래서 나는 나만의 삶의 기술을 터득했다. 소소한 일상을 소중히 여기며 즐거움, 유쾌함, 따뜻함, 좋은 생각을 이끌어 내는 생활 습관을 기르는 것이다.

삶의 방법과 지혜가 일상의 문제를 풀어내고, 수많은 위기에서 자신의 삶을 지키고 이끌어 가는 습관이 힘을 가지기 위해서는 꾸준한 노력과 인내, 소신이 필요하다.

가화만사성에서
중심인간으로

"지훈아! 우리 집의 새로운 가훈인 '중심인간'이 무슨 뜻인지 아니?

중심의 '가운데 중中' 자와 '마음 심心' 자, 즉 항시 마음에 중심을 잡고 살

면 충忠이 이루어진단다.

'충성 충忠' 자의 글자를 보면 가운데 중中 자에 마음 심心 자가 더해진 모

습이다. 즉 변하지 않고 한결같다는 뜻이다. 거센 파도에도 움직이지 않는

부표와 같은 마음을 이야기하는 것이다.

그런데 '근심 환患' 자를 보렴. 가운데 중中 자 2개에 마음 심心이 있다.

이 글자는 가슴에 마음이 2개 있으니 마음의 평온 없이 갈팡질팡 살면서

남의 말에 부화뇌동하는 사람을 말한다.

이렇게 살면 항시 피곤할 수 있어."

나는 경기도 이천 마장면 관리의 아주 작은 마을에서 빈농의 4
남 1녀 중 막내로 태어났다. 네 살 때 아버지가 세상을 떠나셔서
진정한 아버지 교육을 받은 적이 없고 보고 느낀 바도 없었다.

시골에서 마장초등학교와 마장중학교를 마치고 부천에 있는
고등학교로 유학을 왔다. 아버지와 가정에 대해 보고 배운 것이

없었기에 가정을 가진 다음에는 자식들에게 무조건 잘해 주려고
는 노력했다. 사업으로 바빴지만 그런 가운데에서도 항시 연말
연시 해돋이 행사는 해외 투어, 부산 해운대, 제주도, 강원도 동
해안 등지에서 가족들과 보내려고 노력했다. 새해에는 가능하면
국내 여행지를 선택했지?

국내여행을 선택한 이유는 해외에서의 새해 일출은 분위기상
새해 설계 분위기보다는 여행으로만 충족하기에 한해를 설계하
고 시작하는 날은 국내가 의미와 가치가 있다고 판단해서란다.

어릴 때 내게 지훈이가 우리 집 가훈은 무엇이냐고 물은 적이
있었다. 아마도 학교에 적어내야 할 숙제가 있어서 한 질문으로
기억한다. 그래서 엉겁결에 원래 가정이 화목하면 좋을뿐더러
당시 내가 온 마음을 다해 가정에 많은 노력을 할 때라 무난하게
'가화만사성家和萬事成'을 적어 보냈었다.

'가화만사성'은 많은 사람이 일관되게 좋아하는 문구이다. 여
전히 이것에 한 치의 의구심은 없다. 하지만 이제 반백 년 넘게
세상과 부딪치며 이런저런 파고를 막으며 가정을 지키면서 구체
화한 나만의 언어로 가훈을 조금 수정하기에 이르렀다.

가훈은 삶에 대해 본인 그리고 가정 그리고 사회를 넘어 국가
세계관으로 가는 첫 단계인 가족의 지침서가 된다. 그래서 60년
세월을 살아가면서 쌓인 나의 생각을 바탕으로 새로운 가훈을
만들었다.

이후의 생을 잘 살기 위해 스스로 부리와 발톱을 뽑아 새로운 부리와 발톱으로 정비하는 독수리처럼 만든 우리집 가훈은 바로 '중심인간'이다.

나도 내 자식도 '중심인간'이 되기를 바라는 마음으로 정했다. 중심인간의 중中은 마음 한가운데에 심지가 깊게 뿌리내린 모습이다. 중과 심을 합치면 충성 충忠 자로 마음에는 항시 충만한 행복 가득하게 살자는 의미이다.

중심을 잡고 사람과 사람이 협력과 조율로 잘 살아가라고 하고 싶다. 가장으로서 내 언어로 표현하는 우리 가족에게 던지는 화두인 셈이다.

나의 부모에 이어 나 그리고 자식, 이를 연결해 3대가 된다. 나는 윗세대와 아랫세대를 잇는 연결자이다.

연결자로서 나는 부모보다 진화하면 될 것이고 내 자식들은 나보다는 더 진화할 수 있도록 하면 되는 것이다.

나는 빈농의 아들로 태어나 부모를 원망하지는 않았지만 부모가 자유인으로 살았다고 하기에는 문제가 있었다.

당신들은 열심히 살았지만 먹고살기 위해 의식주를 해결하고 본인과 자식들이 잘 생존하는 것이 생의 목적 대부분이었다고 기억한다.

나는 가정을 진화, 발전시키고 자유를 향해 정진하여 오늘의 내가 되었고 지금의 자녀들을 성장시켰다고 자부한다.

내 자식들이 나보다는 더 개인과 사회를 진화하여 자유를 만 끽하면서 의식주 생존을 넘어 더 큰 꿈을 가지고 이 사회를 선한 영향력으로 성장시키는 사람이 되면, 나는 나의 삶의 가치로 삼고 살아갈 것이다.

그리고 내 자식들이 그들의 자녀들을 스스로보다 더 사회를 진화시키는 사람으로 키워내면 나의 자식들 또한 잘 살아온 삶이라 할 수 있다. 3대가 잘 살아가는 것은 부모를 잘 섬기고 자식을 잘 키워서 사회인으로 성장시키면 될 일이다.

그렇다면 중심인간이 되기 위해서는 구체적으로 어떻게 해야 할까?

성냄을 최소화해야 한다.

인간관계에서 성냄은 자신이 의도한 대로 이루어지지 않았을 때 나오는 감정 표현이다. 상대방에게 큰 바람이 없으면 성냄도 없다.

나 역시 이 나이가 되어서야 조금 터득이 되고 있다. 성철스님의 말씀 중에 "산은 산이요, 물은 물"이라는 것이 있다. 겨울에 눈 내리는 당연한 소리라고 치부할 수 있지만 인간관계에서 적용될 수 있는 이야기이다. 더도 말고 덜도 말고 현상을 그대로 볼 필요가 있다.

사람과의 관계에서 뭔가 큰 것을 바라면 안 된다. 또한 그를 추궁하거나 의심해서도 안 된다. 물론 합리적인 의심이 필요할 때도 있지만 반대를 위한 의심은 해서는 안 된다.

'충실할 충忠' 글자를 보면 '가운데 중中' 자에 '마음 심心' 자가 더해진 모습이다. 즉 변하지 않고 한결같다는 뜻이다.

'근심 환患' 글자를 보면 한 가지 마음이 아니라 두 가지 마음이 자리 잡고 있다. 한 가지 마음, 즉 진심으로 다하면 충이 싹트지만, 마음 2개를 가지고 있으면 마음이 복잡하고 아플 수밖에 없다.

그러니 중심인간의 뜻은 생각을 통해 배우고 익히어 나의 이익보다는 선한 영향력을 생각하며 행복한 생활을 통해, 사람과 사람 시이의 소통을 통해 차원 높은 사회를 진화시키는 마음가짐을 최소 단위인 가정에서부터 실천하라는 뜻이다

행운을 바라지 않으면
행복이 온다

"지훈아! 네잎클로버는 행운을 가리키고, 세잎클로버는 행복을 가리킨다고 하더라.

너는 어떤 것을 선택할래?

흔하디흔한 세잎클로버 속에 숨은 네잎클로버를 찾았을 때 기쁨은 물론 크겠지만 사실 행운은 하늘이 내리는 것이란다. 그 운이 행운임을 알고 부여잡는 것 또한 그 사람의 능력이야.

하지만 그렇게 행운이 흔할까? 대신 행복은 내가 만드는 것이다.

그래서 흔하디흔한 일상 속에 정말 많이 행복이 숨어 있단다. 그런데 어리석은 인간은 의외로 쉽게 불행에 잘 빠진단다.

많이 갖고 있는 내 주변의 행복이 아닌 희귀한 행운을 욕심내면서 불의, 불법적인 일을 벌이기 때문이지. 그러니 우리 행운 하지 말고 행복하자."

행복을 위해선 돈이 필요하다. 하지만 돈이 목적이 되고 욕구가 탐욕이 되지 않는 한에서의 이야기이다.

행복을 증명하고 싶어서 수많은 소셜 네트워크에 이미지들을 올리는 사람들을 보라. 인생의 A컷들만 올리는데 정작 자신이 열등하거나 숨기고 싶은 B컷들은 절대 내놓지 않는다.

하지만 행복은 증명하는 것이 아니다. 증명되는 것도 아니다.

내면에 가득한 무형의 그것들이 번쩍이는 금은보화나 자동차로 증명되지 않는다는 것을 우리는 잘 안다.

그렇다면 우리는 어떻게 해야 행복을 부여잡을 수 있을까?

행복하고 싶은 만큼 행복을 잘 대접해야 한다. 내게 다가온 것이 행복임을 알고 그것에 맞게 대우하고 소중히 보듬고 가꿀 줄 알아야 한다.

행운은 누구나 가질 수 없지만 행복은 긍정적인 사고의 훈련을 통해 누구나 가질 수 있다. 가지지 못한 것을 불행해하지 말고 가지고 있는 것에 늘 감사하면 행복할 수 있다. 그리고 그런 나의 행복을 다른 이와 나눌 때 돌고 돌아 '행운'으로 변해서 선사받기도 한다. 이 세상은 그런 선순환이 펼쳐지는 곳이다.

행운은 하늘이 내리고, 행복은 스스로 만드는 것이다.

사람은 태어나면서부터 부모로부터 은혜를 받기 시작하여 사회생활을 하는 동안 사회로부터 끊임없이 도움을 받기 마련이다. 아무리 잘난 사람이라도 도움을 준 일보다는 받는 일이 더 많이 있다.

그런데 늙어서도 여전히 남의 도움을 받지 않으면 안 될 처지라면 정말 딱한 일이다.

네잎클로버와 세잎클로버의 꽃말은 '행운'과 '행복'을 뜻한다.

무탈함이 행복이다. 하지만 탈이 있더라도 유연하게, 빠르게 회복하는 것은 더욱 큰 행복이다.

인간의 행복과 재산은 반드시 비례하는 것은 아니다. 행복하기 위해 돈 걱정이 없어야 하지만 그렇다고 재산 축적이 행복을 보장하지는 않는다.

'호사다마'라는 말이 있듯 행운이 있으면 액운도 따르는 법이다. 일확천금을 얻은 복권 당첨자가 이전보다 불행해진 사례가 언론 매체를 통해 심심치 않게 소개된다. 돈이 화를 부른 경우다.

유산이 불행의 씨앗이 되기도 한다. 부모의 유산이 생기는 바람에 등지게 된 형제들이 주변에 많다. 장남이라서 본인 몫이 더 많아야 한다고 주장하고 나머지 두 형제는 그것에 동의할 수 없다고 해서 싸우는 일이 비일비재하다.

여러 가지 행복의 조건을 다 갖추어야 행복할까. 그렇다면 모든 조건을 두루두루 갖추는 것은 매우 힘드니 행복하게 산다는 것은 정녕 일반인들에게 어려운 일일까?

아니다. 몇 가지 조건만으로도 충분히 행복해질 수 있는 것이 인간이다.

우리가 행복하기 위해서는 무엇보다 마음이 편안해야 한다. 그렇다면 몇 가지 전제 조건이 뒤따른다.

돈 걱정이 없어야 하고, 형제간이나 친구 간에 인간관계가 원만해야 하고, 몸이 건강해야 하고, 직업 만족도가 낮지 않아야 하고, 결혼을 한다면 믿음이 가는 배우자를 만나야 하고, 속을 썩이는 자식이 없어야 하고, 지루한 시간을 보낼 취미가 있어야 하는 등등.

이런 여러 가지 조건을 갖추는 것은 쉽지 않다. 그래서 행복해지는 것은 정말 어려운 일이라고 많은 사람이 생각한다.

반면 불행해지는 것은 쉽다고 생각하는 사람이 많다. 소음으로 스트레스를 받아서 불행하고, 아이가 성적이 떨어져도 불행하고, 내가 살이 쪄도 불행하고, 남편이 코인을 해서 불행하다. 가만히 보면 불행의 조건과 진입 장벽은 매우 낮다.

조그마한 깃으로 쉽게 행복해지지 않는 반면, 조그마한 일로도 쉽게 불행해진다.

일상 속 작은 기쁨이 '행복'이라 생각하면 쉽게 행복해질 수 있다. 어렵지 않다.

큰 행운 말고 작은 행운들을 더 감사히 여기면 된다. 작은 행운은 불안하게 누리지 않아도 되니 쉽게 행복이 될 수 있기 때문이다.

큰 행운은 일상에서 만날 가능성이 적은 데다 그것으로 인한 기쁨이 생각보다 오래가지 않을 수 있다.

운동을 끝냈을 때의 상쾌함, 맛있는 것을 사랑하는 사람들과 함께 먹는 즐거움, 내가 시작한 사업의 물꼬를 여는 회의에서 긍정적인 답변을 받았을 때의 짜릿함…. 그런 것들로 기분이 좋아지면 행복이다.

현재 코로나 팬데믹은 여전히 끝나지 않았고 물가는 치솟았으며 경기는 그리 좋지 못한 상태이다. 이 어려운 현실 속에서 우리가 무탈하다는 것만으로도 정말 감사할 일이 아닌가.

무탈함에 감사할 줄 아는 자만이 행복의 길로 들어설 수 있다.

살다 보면 시련을 겪는 날들이 있지만 무탈한 날들도 오게 마련이다. 부디 '무탈함의 작은 행복'을 맛보는 이들이 더욱 많아지길 바란다.

MZ세대 아들에게 바란다
_ 성실, 균형, 자립, 용기, 행복

"지훈아, MZ세대들이 말하는 공정성은 이 세상 속에서 지켜져야겠지만 아버지는 기계적인 공정성을 싫어한다.

내가 한 만큼 반드시 보상받아야 한다는 사고는 인간의 선하고 자발적인 의지, 열정들을 하찮게 만드는 말처럼 느껴지거든.

사실 소명 의식을 느끼고 가슴이 웅장해지면 내가 그만큼 받지 않아도 인간은 그 열 배는 에너지 넘치게 뛰어다니며 뭔가를 창출하는 존재란 말이다.

나는 익명의 온라인 공간에서 회사를 욕하는 젊은이들을 보면 이해할 수 없단다.

정말 내가 최선을 다했는데 불공정한 대접을 받았다면 당당히 맞서야지.

소심하게 마음속으로 '조용한 사직'을 준비하면서 맡은 최소한의 일만 하는 것은 내 방식이 아니야. 나라면 끝까지 열정적으로 일하고 싸울 거야."

요새 MZ세대를 중심으로 '조용한 사직'이라는 문화가 퍼지고 있다.

말 그대로 조용히 사직서를 낸다는 의미가 아니라 요새 젊은 직원들은 회사가, 조직이 부여한 업무에서 최소한의 것을 하고 그 외의 에너지를 낭비하지 않는다.

코로나19 이후 피로감에 젊은 MZ세대들이 재택근무와 새로운 업무 문화를 맛본 이후 더 이상은 과도한 열정을 조직에 투사하지 않고 자신만의 삶에 더 충실히 치중한다. 필요 이상으로 소모되는 직장이라면 미련 없이 직장을 그만두는 퇴사자들이 많이 늘어나 '대퇴사 시대'라는 말도 유행한다고 들었다.

직무가 적성에 맞지 않아서, 연봉이 생각보다 적어서, 조직 문화가 만족스럽지 못해서, 너무 일을 많이 시켜서, 개인 역량을 발전시킬 수 있는 시간이 부족해서…. 이런저런 이유로 많이들 퇴사한다.

기성세대에게 퇴사는 우울, 불안, 미래에 대한 고민으로 연결됐는데 지금 MZ세대들에게는 퇴사라는 단어는 자유, 해방, 휴식, 새로운 시작 등등 굉장히 긍정적인 이미지들로 대체되고 있다고 한다. 왜 그런 것일까.

MZ세대들은 공정성에 매우 민감하다. 개개인이 대학입학, 기업 입사의 경쟁 과정에서 노력과 타고난 재능을 적절히 투입하여 합격과 선발이라는 대가로 보상받는 과정을 반복하면서 자신의 노력이 공정하게 보장받지 못하면 쉽게 분노를 표출한다.

우리나라 기업들은 오랫동안 내부 승진과 연공 서열 기반의 보상제도를 신봉했다. 그런 조직문화는 MZ세대의 욕구를 충분히 만족시키지 못할 수밖에 없다.

요새는 마음에 안 들면 아무리 정년이 보장되고 안정적인 직장이라도 과감히 뛰쳐나간다고 한다. MZ세대 직원들이 익명 소셜 플랫폼을 통해 소속 회사에 대한 여러 가지 불만을 토로하는 것은 전 세계적인 현상이라고 한다.

MZ세대들이 기존 세대들과 다르다는 건 분명해 보인다. 문제나 불만이 있을 때 마음에 담아두지 않는다. 말은 직접적이고 직설적이다. 행동은 망설임도 없고 주저함도 없으며 단호함이 추가되어 있다.

기업도, 기업 상층부에 있는 사람들도 변할 필요가 있다.

높은 성과를 직원들로부터 뽑아내는 것만큼 그들의 행복을 위해 노력도 해야 한다. 공정하지 않은 성과 평가와 보상에 대한 MZ세대의 분노를 잠재울 수 있는 색다른 보상 방법이나 워라밸이라는 대체재가 필요하다.

MZ세대이지만 지훈이는 창업이나 창직보다 기존 시스템에서 인턴으로 시작하려고 한다. 아들은 직장생활 자체를 아예 부정하지는 않는다.

그렇지만 젊은 세대답게 업무의 독립성도 중요시 여기고, 근무환경의 유연성도 따진다. 일의 의미뿐만 아니라 본인의 미래 발전까지도 적극 고려한다.

연봉도 중요하다. 하지만 그것보다도 더 중요시 여기는 것들이 있다. 근무 환경도 굉장히 좋아야 되고, 자기 계발 기회도 있어야 되고, 일에 대한 의미도 있어야 되고, 회사 내의 문화가 전반적으로 이상적이길 원한다.

그런데 생각보다 커리어의 발전에는 크게 욕심이 없다. 그런 점이 기성세대인 내가 보기에 이해가 잘 안 되는 부분이기는 하다.

단순한 승진이 아니라 전문성을 장착해 노동 시장에서 몸값을 올리고 싶다면 여전히 부지런해야 한다. 직무 역량과 전문성을 올리기 위해서는 공부해야 한다. 성실해야 한다.

그리고 찾아서 일하는 태도는 여전히 필요하다. 기회를 주기만을 바라서는 안 된다. 조직 전체의 의사결정 속에서 내가 할 역할에 대한 이해도를 높여 찾을 수 있어야 한다. 자립적이어야 한다.

최적의 업무 성과를 낼 수 있는 근무 형태를 자율적으로 결정하고 싶다는 욕구가 강하더라도 조직이 정한 룰을 따르는 태도도 필요하다. 균형이 있어야 한다.

그런데 만약 불공정한 대접을 받는다면 그것에 대한 시정을 요구하고 그럼에도 바뀌지 않는다면 과감히 선회를 결정하고 직장을 뛰쳐나올 수 있어야 한다. 용기도 있어야 한다.

그런데 이렇게 하지 않고 딱 떨어지게 출퇴근을 하고 주어진 일 이외에는 잘 하지도 않으면서 '블라인드' 같은 직장인 익명 소통 앱에서 회사 흉을 보는 것이 이상하다. 이런 것이 세대 차인지는 몰라도 어쨌든 그건 나의 스타일은 아니다. 나는 지훈이가 이런 MZ세대의 소통 감각에서는 좀 떨어져 있으면 좋겠다.

연결과 융합의
4차 산업혁명 시대를 살아가는 법

"지훈아, 지금은 전문가 시대가 아니라 융합의 시대, 연결의 시대란다.
변호사, 의사, 회계사 이들 대부분은 전문가지. 이런 전문가들은 융합가들의
일부일 뿐이야.
카카오를 이끄는 김범수 회장은 전문직일까? 그와 같은 경영자들은 사람을
관리하고 사람의 생태계 동선을 파악하여 인간의 욕구를 충족해 주는 선구
안의 소유자들이지.
연결과 융합의 시대에 지훈이는 다방면에서 많이 듣고, 읽고, 경험하기를
바란다."

농경사회를 살았던 우리 부모 세대 시절에는 많이 일하고 조금
먹어야만 부를 축적할 수 있었다. 힘을 쓰는 일꾼들이 많으면 좋
았기에 자식들을 힘껏 출산했다. 그러면서도 공동체 속에서 같은
일을 하니까 교육이나 배움에 그리 힘쓰지는 않았다.

물론 절대 가난이 지배하던 근대시대 이야기이긴 하다. 그 이
후의 세대인 내가 태어나 교육받고 사회에 진출하던 시대에는
기계로 대량생산을 할 수 있는 산업시대였다. 축적된 자본과 기

계의 힘을 이용하여 부를 축척하는 사람들이 생겼다.

물론 근면함과 성실은 이때에도 여전히 통하는 미덕이었다. 부지런하면 직장인이나 공장 노동자들도 남들보다 빨리 아파트를 살 수 있었고, 부를 축적하기도 쉬웠다.

정보화 시대 제3차 혁명기에도 컴퓨터와 같은 IT시스템이 주산을 폐기 처분시켰고 폭발적인 속도와 양으로 많은 업무를 처리해 주었다. 정보를 선점하는 사람이 앞서 나가는 시대였다. 이 시기에도 많이 생각하고 많이 실천하려면 많은 시간을 투자해야 좋은 결과를 얻을 수 있었다.

이제 지훈이 세대들과 나의 세대들은 생각한 것을 현실로 만들 수 있는 인문적인 사고와 기술이 융합된 4차 산업혁명의 시대를 함께 살고 있다.

눈으로 보고 손으로 만지던 '기술'이 만질 수 없는 '데이터'로 바뀌었다.

이 시대에는 그냥 부지런해서도 안 된다. 정보를 선점하는 것도 능사는 아니다. 연결하고 융합을 잘하는 사람이 잘사는 시대가 된 것이다.

그 바탕에는 인문학(철학)이 있다. 스티브 잡스는 "하늘 아래 새로운 것은 없으며, 모든 사물을 다르게 보고 서로 연결하는 것만으로 새로운 세계를 창조할 수 있다"라고 믿었다. 일자리조차 스스로 만들 수 있는 '창직'의 시대가 열린 것이다.

성실하기만 한 인재, 특정 기술 또는 자기 분야 전문 지식만 보유한 인재가 조명받는 때는 지났다.

4차 산업혁명이 가져온 사회 변화, 그 속에서 풀어야 할 문제는 훨씬 복잡하고 까다롭다. 넘쳐나는 정보를 비판적으로 분석, 종합해 타인과 소통하며 새 지식을 만들어 낼 수 있는 '융합형 인재'의 가치는 날로 높아지고 있다.

국가 간 경계가 무의미한 디지털 영토에서 나고 자란 세대들에게는 이제 '융합'은 필수요건이 됐다. 단순히 기술을 갖고 있다고 그것을 잘 활용하는 것이 아니라 인문 철학적인 사고를 베이스로 깔고 디 핀을 튀기는 사람이 성공하는 사람이 된 것이다.

지훈이는 회계사 자격시험을 3년 동안 준비했다. 내가 왜 회계사가 되려고 하니 물으니까 지훈이는 우리 집안과 자신을 위해 보험처럼 뭔가를 갖고 있어야만 안심이 될 것 같아서 취득하려고 한다고 답했다.

아들의 대답에 나는 대놓고 반대하지는 않았지만 내심으로는 썩 탐탁지 않았다. 왜냐하면 첫 번째는 지훈이가 회계사라는 직업에 대해 확고한 계획이나 신념이 있어서 따려는 것이 아니라 그저 라이선스 취득이 목적처럼 보였기 때문이었다.

두 번째는 나는 직업이 인격을 만들 듯 성격과 생각을 규정 짓는다고 생각하는 사람인데 세상의 현상을 숫자로 이해하고 표기하는 회계 업무를 하다 보면 확장성과 창조성이 낮아질 수 있다고 생각했기 때문이었다. 차라리 회계사는 직원이나 파트너로 같이 일하는 것이 좋다고 내심 생각했다. 불행 중 다행이랄까 시험에 2번 고배를 마시면서 지훈이는 더 이상 회계사의 꿈을 꾸지는 않는다.

물론 전문성을 탑재한 사람들도 여전히 필요한 세상이다. 그러나 나는 지훈이가 4차 산업혁명기에 어울리는 융합형 인재가 되기를 더 바란다. 많이 생각하고 많은 책을 읽고 많은 사람과 소통하여 지식을 습득했으면 좋겠다.

지훈이가 자신의 꿈과 잘할 수 있는 재능을 잘 융합하여 자신만의 업業과 미션Mission을 어서 빨리 찾기를 바란다.

융합형 인재들은 다음과 같은 마인드가 장착된 사람들을 가리킨다고 한다.

· 자신의 의견을 전 세계 곳곳의 사람과 자유롭게 주고받을 수 있는 '글로벌 마인드(global mind)'가 장착된 사람
· 일상의 언어가 된 '코딩'을 자연스레 습득하듯 다가올 미래에 언제든 올라탈 준비가 된 사람(퓨처 마인드 · futurist mind)
· 자신에게도 끊임없이 질문을 던지며 내면을 성찰하고 성장하는 '그로스 마인드(growth mind)'

융합형 인재가 성공할 수 있는 그 바탕에도 여전히 부지런함이

놓여 있다. 거기에 상상력과 꿈을 어떻게 가미하는가가 관건이다.

꿈은 세상에 없는 실현 불가능을 현실에 탄생시키는 연금술이다. 스티브 잡스가 손안에 컴퓨터를 지향하면서 스마트폰을 만들어 냈듯 아들이 자신만의 장점으로 가슴 설레는 일에 몰두했으면 좋겠다. 여러 가지 경험을 하다 보면 뭔가 결정할 수 있을 것이라 믿는다.

자녀들을 교육시킬 때도 이제는 "의사가 되어라!"가 아니라 "(의사가 되고 싶다면) 네가 지닌 재능을 다른 것과 어떻게 연결·융합할지 고민해 보라!"라고 얘기하는 것이 지금 세대에게 더 적합한 교육방식이 되었다.

살면서 어려운 문제를 만났을 때 문제 풀이 중심의 사고에서 이제는 벗어나 나만의 알고리즘(어떤 문제를 해결하기 위한 절차)을 고민해야 한다.

하나의 해법이 아니라 2, 3가지 독창적인 해법을 찾기 위해서는 다방면으로 공부해야 한다. 많이 듣고 많이 읽고 많이 경험해야 튼튼한 기초를 쌓을 수 있을 것이다.

일곱

인생 라이딩 7일차
**"가끔은
질주를 멈추고
주변을 둘러봐!"**

자전거와 함께
쓰러질 때도 있다

"지훈아, "넘어진 김에 쉬어 가라"라는 말이 있단다.

재빨리 일어나 피 흐르는 무릎을 닦고 자전거 상태를 점검하고 살펴봐도 모자랄 판에 그 무슨 한가한 소리냐고 반문할 수도 있겠지?

하지만 인생은 긴 장거리 코스란다. 사실은 말이지, 잠깐 쉬어도 네 인생에 그리 큰 영향을 주지 않는단다.

차라리 내가 왜 넘어졌을까? 체력의 문제 때문일까? 이 길의 상태가 안 좋아 그런 것일까? 길 위에 삐죽이 솟은 돌멩이 때문일까?

앉아서 차분히 분석해도 좋고 아니면 아예 드러누워 욱신거리는 근육통들을 다스리는 것도 나쁘지 않아. 그러다가 눈부신 파란 하늘에 한가로이 흐르는 흰 구름을 보며 멍을 때려도 된단다.

가끔 쓰러져야 그게 자전거이지. 그래야 사람이지. 언젠가 다시 달리기만 하면 되는 거야."

6월 26일 06:30 호텔 조식 뷔페에서 아침 일찍 일어나 식사를 했다. 밥을 먹으면서 서로의 얼굴을 보며 웃었다.

1주일가량 고생했던 여정의 흔적들을 얼굴 곳곳에서

발견할 수 있었기 때문이다. 내 턱에는 수염이 덥수

룩 자라나 있었고, 지훈이는 살이 눈에 띄게 빠져 있

었다.

6월 26일 09:00   시원섭섭한 마음으로 체크아웃을 하고 나섰다. 우리는 이제

집으로 돌아갈 참이었다. 남자 둘이서 6박 7일가량을 잘도 돌아다녔다. 서로

에게 다정한 부자지간의 정 이상의 감정이 쌓였다. 그건 일견 전우애 같은

것이었다.

체크아웃하고 정문 아난티 힐튼 호텔 간판을 배경으로 기념 촬영을 했다.

부산 해운대 아난티 호텔 정문

호텔 앞까지 온 콜밴을 타고 우리는 기차역으로 향했다.

우리가 분당 집으로 돌아가도 도란도란 숙박지에서 매일 밤 그랬듯 술을 마시고 대화를 나눌까? 그러기는 이제 좀 어려울 것이다. 지훈이도 바쁘고 나 역시 이것저것 구상하는 사업들로 바쁠 것이다.

그래서 지금 말하는 것들은 내가 그동안 지훈이에게 전해 주려고 써놓은 일기 같은 형식의 글에 담겨 있던 내용들이다. 평소 지훈이에게 하고 싶은 당부들이 주로 담겨 있다.

목표를 향해 질주하다가 길을 잃은 경험이 아빠에게도 있다는 걸 누구보다도 지훈이는 잘 알 것이다. 그 경험이 얼마나 쓰라리고 눈물겨웠는지도….

네가 초등학교 3학년이었던 2003년도는 아빠가 경영하던 삼진정보통신이 코스닥 상장을 목전에 두고 있었을 때야.

그런데 고객사의 부도로 인해 일시적인 자금 경색을 겪었고, 화의 신청으로 13년 동안 쌓은 공든 탑이 한순간 와르르 무너지는 현실에 처했어. 눈앞이 캄캄했지.

넘어지고 나서 개인적으로 아빠가 제일 힘들었던 것이 뭔지 아니? 내가 할 수 있는 것들이 아무것도 없다는 사실이었어.

그동안 운전은 기사가 해주었고, 민원서류는 총무과에서, 은행은 회계과에서 해주었더랬어. 내가 잘하는 것은 고객사를 접대하고 계약하고 골프 치는 그런 것들이었지.

이런 것들은 살아가면서 꼭 필요한 것들이 아니었다는 것을 깨달은 날… 가을이라 청명한 햇살이 나를 마구 비웃는 것 같았어. 비가 오면 그 비가 내 마음속에 흘러내리는 눈물처럼 느껴졌었어.

그즈음이었을 거야. 길을 걷는데 가슴이 막 두근거리고 사람들과 말하는 것도 힘들었어. 세상 사람들의 눈길이 모두 괄시하는 듯했어. 공황장애와 우울증이 동시에 나를 덮친 거야. 한순간 나락에 빠진 스스로에게 적응하지 못했던 나날이 이어졌어.

성공의 아이콘, 자수성가의 아이콘으로 통신업계의 삼성전자라 자타가 인정하던 내가 어느 한순간에 젊은 실업가에서 실업자로 전락했던 거야.

모든 것을 잃었다고 생각하고 실의에 빠져 맥 놓고 보낸 8개월….

어느 날, 우울증 약과 수면제를 함께 먹고도 뜬눈으로 밤을 지새우다가 새벽에 너희들 3남매가 자는 방에 들어갔어. 자그마한 너희들이 곱게 자는 모습에 눈물이 앞을 가려 화장실에서 숨죽여 울 수밖에 없었단다.

이때 아빠는 결심했단다. 재기에 성공한 이태선이 될 거라고… 굳은 결심을 했었지.

더 이상 실의에 빠져 있을 수 없다고 판단한 나는 넘어진 김에 쉬어가랬다고 엄마하고 상의해서 2004년 겨울 방학에 우리 가족은 캐나다로 어학연수를 떠났지. 거기에서 나를 재점검하리라

작정하고 무작정 짐 보따리를 들고 밴쿠버에 도착했지. 준비 없이 와서 호텔에서 1주일을 기거하면서 성착지를 구하고 본격적으로 생활을 시작했어.

한국을 떠나올 때는 누군가를 원망하는 마음이 많았지만 여기에서 많이 성찰했단다.

누구로 인해 실패한 것이 아니라 경영자인 내가 미래를 보는 안목으로 판단하고 실행했어야 함에도, 무조건적으로 긍정 마인드로 좋은 모습만을 생각하고 달렸기에 실패했다고 결론을 내렸어.

내 탓이라는 생각이 들자마자 회사 발전에 기여하고 회사 발전을 기대하고 투자한 주주들에게 무한한 사죄의 마음을 신성으로 가질 수 있었어. 그러자면 나 자신이 재기하여 그들에게 갚을 수밖에 없다고 생각했어.

그동안 정신이 피폐해졌던 나 자신부터 우뚝 세우기 위해 육체를 보강하기로 마음먹었어. 정신이 피폐하면 육체를 보강해 치료하고 육체가 고장 났을 때는 정신을 보강해야 해.

헬스와 수영 등으로 체력을 찾는 등 캐나다 생활을 통해 어느 정도 정상 생활을 할 수 있는 상태로 돌아올 수 있었단다. 그 당시 나약한 아빠에게 너희들은 하나밖에 없는 회복제였어.

지훈아, 힘들면 잠시 쉬어도 돼. 길을 잃었을 때는 잠시 멈추고, 넘어지면 그냥 드러누워 하늘을 보면서 생각하는 기회를 가져 봐. 이건 아빠의 삶에서 우러나온 경험담이니까….

실패 앞에 두려워하는 지금의 세대들에게 인생의 후반부 길을 걷고 있는 내가 말하는 것이 얼마나 설득력이 있을지는 잘 모르겠다. 하지만 내 경험치들이 그들에게 미리 모의시험처럼 예상 답변지 정도가 되면 좋겠다는 생각으로 말하겠다.

굵직한 성공과 성공 사이에는 무수히 작은 굴곡들이 점점이 있다. 이 점들을 연결해서 이어 나가다 보면 성공으로 매듭지어지는 것이 있는 것이다.

다른 사람의 인생은 멀리서 보면 늘 절정, 하이라이트로 보이는 경향이 있다. 그런 다른 사람의 인생을 잣대로 내 인생을 실패작이라고 섣불리 단정 짓고 판단하는 오류를 범하지 말아야 한다.

자기 수용과 현실 수용을 잘하는 사람들은 실패를 좀 했다고 낙담하거나 아예 포기하는 것을 하지 않는다.

자기 수용은 있는 그대로의 자신을 사랑하는 것이다. 자신의 능력을 인정하여 자신의 상황과 환경을 원망하거나 화내는 대신 받아들이는 것이다.

자신에 대한 연민에 빠지거나 자신에게 과도하게 비판적이지도 않는다. 어떤 사람도 완벽하지 않다는 것을 인정하고 과거의 실수를 너무 곱씹지도 않는다.

설령 실수하고 실패하면 어떤가. 그럴 때는 페달을 멈추고 안장에서 내려와 하늘을 보고 누워 구름을 볼 수도 있는 것이다.

실패한 자신을 힘들어하는 것도 습관이다. 잘되는 사람의 멘탈은 따로 있다. 늘 자신의 삶을 좋은 쪽으로 이끄는 '유연한 정신적 굳은살'은 회복탄력성을 말하는 것이다. 늘 팽팽한 신경줄을 유지하고 성공을 위해 달리지 않아도 된다. 치열하지만 여유롭게, 계획적이지만 자유롭게 살 필요가 있다.

그런 의미에서 취미를 갖는 것도 매우 좋다. 물론 경제적인 여유를 바탕으로 할 수 있는 취미도 좋지만 생각보다 저비용으로 할 수 있는 취미 활동들도 찾아보면 좋다.

특히 가장이 힘들어지면 가족들이 다 같이 마음고생을 하는 경우가 많아진다.

그런 경우 가족들이 다 함께할 수 있는 취미 활동이 있다면 매우 좋다. 특히 배우자와 같은 취미 활동을 하기를 바란다. 심신의 건강을 위해 운동을 게을리하지 말아야 한다. 골프는 당장 돈과 시간과 열정이 들어가는 운동이다. 고도의 멘탈을 요하기도 한다.

골프는 90대 전후 타수 정도로 하려면 피나는 노력이 필요하다. 내가 지훈이를 가르치면 6개월 정도는 단축시킬 수 있다고 장담한다. 나는 초보자들과 달리 현장 경험인 라운딩을 많이 해보았기에 가능하다. 하지만 독학으로 배웠기에 폼이 그리 멋지지 않다. 그런 의미에서 지훈이는 정식으로 코치에게 배워 폼도 멋지게 가다듬었으면 좋겠다.

노력해도 결과가 좋지 않을 때가 많으며 과욕을 부리면 금방

망가지고 방심하면 오비가 나온다. 골프는 인생과도 비슷하다.

18홀 라운딩을 돌면서 다양한 교훈을 배운다. 정직함과 겸손함을 요구한다. 노력한 만큼 결과가 나온다. 가끔 홀인원 같은 행운도 생기지만 대체로 연습과 실전량에 결과가 정비례한다.

골프는 특히 힘을 빼야 잘되는 운동이다. 목이나 몸에 힘이 잔뜩 들어가면 예외 없이 실망스러운 결과가 나온다. 한 번 잘 쳤다고 자만하다가는 바로 다음 샷을 망칠 수 있고, 반대로 미스 샷에 낙담하지 않고 집중하면 바로 회복이 가능하다.

"장갑 벗어봐야 안다"라는 말이 있다. 새옹지마塞翁之馬나 전화위복轉禍爲福과 같은 고사성어가 가장 잘 적용된다. 뭔가 해보겠다고 힘을 주고 욕심을 부리면 잘되지 않는다.

골프에는 체력 못지않게 정신력, 즉 멘탈이 중요하다. 마음이 어지럽거나 집중되지 않으면 어김없이 안 맞고, 평온한 마음이면 잘 맞는다. 왜 골프를 60대가 30대를 이길 수 있는 몇 안 되는 운동이라고 부르는지 잘 생각해 볼 일이다.

다양한 사람들을 만나기에는 골프만큼 좋은 운동은 없다.

골프는 함께 라운딩하는 사람의 특성이 가장 잘 드러나는 운동이기도 하다. 최소한 7시간 이상 걷고, 얘기하고, 먹고 마시며 함께 시간을 보내는 동안 자신도 모르는 본인의 성격과 정직함, 겸손함을 아주 쉽게 타인에게 드러내 보이는 운동이다.

골프는 비즈니스 스포츠로는 좋지만 몸의 균형을 자칫 해칠 수 있는 운동이다.

헬스로 틈틈이 자신의 몸을 단련하는 것도 좋다. 일주일에 3회 이상은 밥을 먹듯 하는 것이 좋다.

신체 건강을 위하고 많은 경험을 할 수 있는 취미는 여행도 좋겠지만 산행을 통해 정상에 올라가기까지의 어려움을 맛보고 정상에서만 볼 수 있는 주변 환경으로 힐링하는 것이 좋다.

산행에서도 인생을 배울 수 있다. 자기 체력이 있을 때만 주변을 배려할 수 있다. 정상에서의 간식과 하산의 여유로움을 느끼는 것도 좋다.

또한 이런 의미에서 자전거도 자신의 성향과 성격에 따라 지속적으로 발전시키면서 하는 것이 좋다. 나 역시 엄마와 같이 젊은 시절 같이 취미 활동을 못 해서 요즘은 캠핑카를 구입하여 같이 국내 여행을 많이 다니려고 계획하고 있다.

평소 이렇게 취미 생활도 가꿔야 오히려 힘든 시기를 맞이했을 때 이런 것들을 하면서 힐링할 수 있다. 취미도 갑자기 발전시킬 수 없는 종류의 것이다. 공부든 취미든 무엇이든 워밍업이 필요하고 숙성 단계가 필요하다.

목적지만
잊지 않으면 된다

"지훈아, 인생에서 경로를 이탈하는 순간은 몇 번씩 찾아와.

그래서 삶의 방향을 몇 번씩은 새로 바꾸기도 할 거야.

그런데 방향을 바꾸고는 싶지 않았는데 어쩔 수 없는 현실 여건으로 이탈한 경우라면 오랜 세월이 지난 훗날에도 계속 후회와 미련이 남을 거야.

그때 왜 경로 이탈을 했을까, 내내 곱씹고 후회할 수도 있겠지.

하지만 목적지를 잊지만 않는다면 사람은 어떤 식으로든 간에 그 목적지에 가게 돼 있어.

하다못해 목적지에는 못 미치더라도 그 인근까지는 너끈히 가게 될 거야."

`6월 26일 09:30` 드디어 부산역에 도착했다. 피곤과 함께 안도감이 엄습했다. 돌아갈 수 있는 따뜻한 집이 있고, 우리를 맞이할 다정한 아내와 귀여운 딸들이 있어서 얼마나 행복한지를 간절히 느낄 수 있었다. 말은 안 했지만 편안한 표정으로 기차를 기다리는 지훈이 역시 같은 마음이지 않을까? 아마 녀석은 여자친구에게로 바로 달려갈지도 모른다.

무궁화호에 탑승했다. 우리는 지금 집으로 향하고 있다. 행복하다.

'자이가르닉 효과Zeigarnik Effect' 또는 '미완성 효과'라는 말이 있다. 끝내지 않아 찜찜하고 계속 생각이 나는 심리학적 현상을 가리키는 말이다. 인간은 끝내지 못한 것을 잘 기억하고 계속 미련을 두는 습성이 있다고 한다.

이 자이가르닉 효과로 스스로를 괴롭히는 사람들이 많다. 첫사랑과 맺어지지 못한 사람들이 계속 첫사랑과의 인연을 애달파하며 가끔 추억하는 이유이다. 하지만 그 첫사랑의 미련을 한 번에 정리할 방법이 있다.

나이 든 첫사랑을 현실 속에서 지금 당장 만나보는 것이다. 가녀린 소녀 같았던 그녀가 살집이 있는 괄괄한 아줌마가 되었다면, 말끔한 미소년이었던 그가 머리숱이 적어지고 뱃살이 나온 아저씨라면 금세 미련을 접고 말 것이다.

인생에서 자신이 가야 할 목적지에 가다가 중도에 멈췄던 경험이 있던 사람 역시 계속 미련을 가질 수밖에 없다. 그 미련을 없애려면? 다시 한번 더 시도해 보는 것이다. 확실하게 자이가르닉 효과를 끝낼 수 있다.

내가 나이가 들었는데… 자본이 많지 않은데… 아이디어나 열정이 부족한데… 변명만 하다 보면 아무것도 못 한다. 계속 미련이 내 후반부 인생을 갉아먹게 두느니 새로운 터닝 포인트 구간을 설정해서 그것에 몰두하는 것은 어떨까?

그렇다면 내가 이때껏 허비했던 시간들은 허비한 것이 아니라 목적지에 가기 위한 우회의 시간으로 재창조될 수 있다.

예전에 꿈꿨던 목표를 다시 세우는 순간 즉시 당신 삶의 터닝 포인트가 시작된다. 터닝 포인트는 어느 한순간에 오는 것이 아니다. 손에 닿을 수 없는 목표를 세우고, 그것이 손에 닿을 때까지의 전 구간을 '터닝 포인트'라 부르는 것이다.

늘그막에 다시 시작하는 것에 스트레스만 받으면 안 된다.

물론 안정과 평정, 균형을 갖춘 지금의 삶을 나의 새로운 선택과 도전이 어그러뜨리거나 그래서 스트레스를 많이 받는다면 그 도전은 좀 더 신중히 할 필요가 있다.

스트레스를 긍정적인 힘으로 활용하려면 무엇보다 이것저것 재고 득실을 따지는 생각에만 붙들려서는 안 된다. 생각을 제어하는 탁월한 방법은 '집중'이다.

스트레스는 우리의 '두려움'을 먹고 자란다.

어려운 문제와 역경이 밀물처럼 밀려왔다가 썰물처럼 빠져나간다. 답을 찾으려고 애쓸 필요 없다. 답을 찾는다고 해서 어려움이 사라지는 것이 아니기 때문이다.

어려움을 견디지 못하는 가장 큰 이유는 생각이 너무 많아서다.

나만의 방식으로 나만의 우회로로 가면 된다.

내 방식대로 살지 않으면 타인이 나를 통제하는 삶 속에 놓이게 된다.

내 삶의 진정한 의미와 이유를 찾는 데 에너지를 집중하라.

행복하기 위해 성공하는 것이 아니라 성공하기 위해 행복해야 한다는 관점으로 바꾸면 늘 성공을 향해 가는 과정 하나하나가 다 행복의 길이 될 수 있다.

흔히 행복을 목적이라고 하면서 성공을 추구한다. 행복이 도구여야 한다. 고로 내가 원하는 삶은 행복한 성공인 것이다. 그래야 늘 행복할 수 있다.

행복과 성공은 승용차의 바퀴와 엔진의 관계로 정리하면 되지 않을까?

지훈이 삶의 내비게이터를 위해, 목적지에 가는 길을 헤매는 길치 인생을 위해 우회로처럼 삼았으면 하는 마음가짐들은 다음과 같다.

· 자신이 편안하게 느끼는 인생 템포를 정해야 한다.

· 우선순위를 만들 필요가 있다. 시급한 것이 아니라 소중한 것을 먼저 해야 한다.

· 한꺼번에 너무 많은 일을 벌이지 말자. 그렇게 많은 일을 하면 기계적으로 살게 된다.

· 별로 내게 좋은 영향을 주지 않는 타인을 차단하는 법을 배울 필요가

있다.

· 충분한 시간을 계획에 반영해야 한다. 여유롭지는 않아도 시간에 쫓겨 핵심적인 것을 놓치는 우를 범해서는 안 된다.

· 스스로에게 완벽함을 요구하지 마라. 완벽함보다는 작은 성과에도 마음껏 기뻐할 수 있는 성취감을 추구하라.

· 휴식을 취하고 자축해야 할 때는 마음껏 누릴 필요가 있다.

· 연속적인 성공에 대한 기대치를 낮춰야 한다. 우리네 인생은 그리 호락호락하지 않다. 늘 성공하는 사람은 없다.

· 모든 일을 즐기는 태도를 가져야 한다. 좋은 태도가 좋은 노력, 기쁨을 가져온다.

· 충분히 쉬어야 한다. 무엇도 하지 않는 날을 정해 놓고 지켜라. 휴식 시간은 다음을 계획하고 실행하기 위한 소중한 자양분이다.

· 계획에 없던 일이 발생하는 것 또한 허용하라. 항상 통제된 상태로 있고자 하면 사람의 몸에 부정적인 스트레스가 활성화되어 병들 수 있다.

· 하루의 일부를 반복되는 일로 채워라. 루틴의 힘이다. 반복되는 일상은 내적 균형을 유지하게 도와준다.

· 가끔은 아주 가벼운 사람이 되어라. 성공을 하고 사회적으로 성취한 사람이 가끔 실없이 변하는 것은 그것 나름대로 매력적인 요소가 될 수 있다.

· 모든 규칙을 지키려고 애쓰지 마라.

너를 둘러싼 작은 세상과
사람을 사랑하라

"지훈아, 나라라든지 종교라든지 사회라든지 그런 거시적인 이슈를 중시하고 신성한 것으로 여기는 사람들이 일상의 평범한 일을 소홀히 하는 순간 인생은 쉽게 무너질 수 있다는 것을 알아야 한단다.

큰일은 진지하게 대하는데 내 주변의 작은 세상과 사람들을 소홀히 여긴다면 너는 결코 잘될 수가 없어.

특히 사람, 그중에서도 약자들을 업신여기지 않고 존중해야 해.

네가 다할 수 있는 책임과 관심을 늘 기울여. 그들이 너의 세상을 단단하게 만들어 주는 소중한 존재 중 하나이기 때문이야."

"평범의 위대성을 발견하라!"

성공한 사람들은 일상 속에서도 흔히 볼 수 있는 모든 것들을 성장의 기회로 삼는다. 거창한 것들만 중시 여기고 주변의 삶과 사람들을 하찮게 여기는 사람치고 잘되는 사람을 나는 본 적이 없다.

'가화만사성 치국평천하家和萬事成 治國平天下'는 진리이다. 자신이 속한 작은 세상 하나 완벽히 통제하고 성공시키지 못하는 사람들이 어떻게 조직을, 나라를, 천하를 잘 경영할 수 있을까.

내 주변의 사람 중 가족들을 먼저 잘 챙겨야 한다.

항상 곁에서 가족으로 붙어 있다 보니 소중함과 장점도 알지만 고쳐야 할 단점이나 채울 게 많은 부족한 부분이 잘 보인다. 하지만 그런 것들을 품고 좋은 방향으로 이끌고 공감하면서 결핍을 채울 줄 알아야 가정을 잘 다스릴 수 있다. 사랑은 노력이다.

솔직히 나 역시 지훈이에게 좋은 점만 보여주지는 않았을 것이다.

고도 성장기의 시대를 살아온 기성세대이기에 지금의 젊은이들이 조직이나 사회에 갖는 태도에 비판적인 입장을 취하기도 하고, 그들이 삶에 갖는 치열함이 없어 보이는 부분에 대한 것도 조언을 핑계로 다그친 적도 있었을 것이다.

그럼에도 내게는 국가 성장기의 과실을 모두 누린 기성세대로서 지금 저성장 시대를 살아가는 젊은이들에 대한 연민과 이해를 하려는 노력은 있다.

'흙수저' 출신의 아버지에 대해 이해해 주는 아들을 보면 나의 이런 노력이 헛된 것은 아닌 것처럼 보인다.

내가 가진 인생철학이 아들의 가치관과 다르다는 점을 인정하는 데서 나와 아들의 공존과 동행이 시작되었다. 다름을 인정하는 것이 이해의 시작점이 되었다.

내 주변의 지인이나 이웃들에 대한 관심도 거두지 않아야 한다.

요즘 시대에 일어나는 대부분의 갈등은 타인에 대한 무관심에서 비롯된다고 생각한다. 인간이 원래 자기 본위다. 타인의 안위를 내 것처럼 중요시하거나 그들을 위해 내가 가진 것을 내어주는 것은 어렵다.

특히 타인에 대한 배려 중에서 진심 어린 마음으로 경청하는 것이 중요하다. 경청은 정보의 최상단에 위치하고 있으며 가장 적은 노력으로 가장 큰 효과를 얻을 수 있는 1석 100조의 무지막지한 효과이다. 아빠도 이제야 터득한 사실에 창피하기도 하지만 지훈이에게 이야기할 수 있어 다행인 것이다.

우리는 코로나19로 인해 비대면이 일상화된 언택트untact 시대를 살고 있다. 공동체 의식, 사회적 관심이 필요하다. 심리학자 아들러는 "인간이 사회적 존재로 살아가면서 풀어야 할 삶의 과제를 해결할 수 있는 동기를 사회적 관심이 제공해 준다"라고 말했다.

사회적 관심을 우리가 잘 아는 다른 말로 하자면 '공감'이 아닐까? 특히 약자를 대할 때는 공감을 가져야 한다. 공감은 연민과는 다른 연대 의식이다. 그들은 엄연히 나와 동시대를 살아가는 구성원이다. 그리고 언제든 사람들은 그 약자와 같은 위치가 될 수도 있다.

약자의 눈으로 보고, 약자의 귀로 듣고, 약자의 가슴으로 느끼며 사는 것도 중요하다. 아래도 보고 옆도 보고 살아야 한다.

내 주변의 세계와 사람을 중시 여기는 만큼 나 자신을 잘 가꾸고, 행복하기 위해 항상 노력해야 한다. 어떻게 하면 될까?

책을 읽는 것을 습관화해야 한다. 열린 마음으로 새로운 것을 부지런히 받아들여야 유연한 생각을 가질 수 있다. 유연해야 사물과 사람에 대한 편견을 버릴 수 있다.

운동도 부지런히 해야 한다. 운동은 스스로 챙겨 먹는 보약이다. 하드한 운동으로 다지는 것도 좋지만 배우자나 자녀와 함께하는 호젓한 산책도 나쁘지 않다.

좋은 사람들, 편한 사람들 사이에서는 사회적 가면을 벗고 내면의 자연스러운 모습으로 자신을 풀어놓을 줄도 알아야 한다. 그래야 정신적인 피곤이 덜어질 수 있다.

정말 좋아하는 일을 찾아 몰입하자. 사람도 숨 쉴 구멍이 필요하다. 이런 좋아하는 취미들, 몰입하고 열광할 수 있는 것들이 있는 사람이 오래도록 젊게 산다.

사랑하는 사람들 특히 배우자에게 최선을 다하자. 배우자에게 배우자. 그(그녀)는 인생의 동반자이다. 사회적인 성공의 밑거름에는 배우자와의 신실한 유대감이라는 자양분이 깔려 있다.

우리가 타인과 잘 동반하기 위해 밑거름으로 삼아야 하는 10개의 황금률이 있다.

· 먼저 늘 상대방을 격려하라. 그러면 그 격려는 당신이 힘든 순간 되돌아

올 것이다.

· 상대방의 자존심을 지켜줘라. 아무리 가까운 사이라도 내보이기 싫은 역린이 있는 법이다. 모른 체할 줄도 알아야 한다.

· 망신이나 모욕을 주는 일이 없어야 한다. 그(그녀)의 실수를 대수롭지 않게 여겨야 한다. 바른말이라고 하는 것들이 누군가에게는 독 바른 가시가 될 수 있다.

· 그가 있든 없든 긍정적인 이야기만 해라. 긍정적인 이야깃거리가 없으면 아예 말을 마라. 부정적인 이야기를 할수록 스스로가 부정적인 사람이 된다.

· 칭찬할 때는 구체적으로 하여 빈말처럼 들리지 않도록 하라. 빈말 같은 칭찬은 안 하느니만 못하다.

· 누군가의 행동이 개선되길 원한다면, 그가 타인의 조언을 경청할 줄 아는 품위 있고 우아한 면을 가진 것처럼 대하라.

· 그의 행동을 반박하더라도 절대 그의 사람 됨됨이를 공격하지 말라. 인신 모독은 절대로 지양해야 하는 일이다.

· 상대의 말을 끊지 마라. 그 사람을 노골적으로 존중하지 않는다는 것을 보여주는 습관이다.

· 자신이 틀릴 수 있다는 사실을 항상 인정해라. 그런 사람이 현명한 사람이다.

· 발생한 일들을 상대의 시각에서 보는 법을 익혀라. 비판하기보다는 도우려고 해라.

큰 결론, 아내의 말을 진심으로 경청하라. 아빠는 경청보다는 딴청으로 인해 많이 굴곡의 길을 걸어왔다.

가장 좋은 관계는 서로 원하는 것을 서로에게 내어주는 관계다. 상대가 원하는 것을 내가 원하는 것보다 먼저 생각하는 습관만 들여도 '인간관계'를 둘러싼 문제의 8할은 해결될 것이다.

당신이 대우받고 싶은 만큼 타인을 대우해야 하는 법이다. 그래야 서로의 열정과 관심을 주고받는 사이가 될 수 있다. 그리하면 그 역시 내가 목표를 추구할 때는 동참하여 함께 달리는 사이가 될 것이다.

네 안장을 잡았던 손길을
가끔 기억하라

"지훈아, 살다 보면 힘들고 비틀거릴 때가 있다.

그때 그런 나를 잡아주었으면 하는 바람이 생길 때가 있다.

스스로의 노력이나 마음가짐으로는 쉽게 해결하기 어려운 영역이 반드시 생기기 마련이다. 그럴 때는 내가 너의 언덕이 돼주마.

하지만 나는 네가 그 언덕에서 안주하는 사람이 아니라 그 언덕을 뛰어넘을 수 있는 사람이 되면 좋겠어.

삶에 얽힌 매듭들을 잘 풀지 못하는 순간이 오면 어릴 적 자전거 안장을 단단하게 붙잡아 준 아빠 엄마의 손길을 기억해 줬으면 좋겠다."

자전거를 처음 배웠을 때를 떠올려 봐라. 스스로 자전거 타는 법을 터득한 사람은 거의 없을 것이다. 처음에는 누군가의 도움이 반드시 필요하다.

대부분은 아빠와 엄마의 도움을 받으면서 자전거의 페달을 밟는다. 아빠와 엄마는 자전거가 넘어지지 않도록 자전거의 뒤를 잡아주면서 겁에 질린 아이를 안심시키고 응원한다.

그러나 부모의 도움은 영원하지 못하다. 아이가 어느 정도 중

심을 잡고 페달을 밟을 줄 안다고 판단하면 더 이상 자전거 뒤를 잡아주지 않는다. 그리고 잡아주지 않아야 한다. 계속 과보호하면 아이는 성장의 기회를 잃어버릴 수 있기 때문이다.

어느 순간부터 아이는 혼자 힘으로 자전거를 타야 한다. 설사 넘어져 손바닥과 무릎을 다치더라도 일어나 페달을 밟아야 한다.

넘어졌다 일어나길 수없이 반복하면서 스스로 타는 법을 터득해 나가는 것이다.

인생도 마찬가지다.

때가 되면 부모에게서 독립해 홀로서기를 시작해야 한다. 스스로 해결하는 습관을 길러야만 무한 경쟁에서 낙오되지 않는다. 부모는 자식 인생의 조력자이지 해결사는 아니다.

대신 나는 지훈이에게 '비빌 언덕'이 돼주고 싶다. 이는 단순히 경제적인 측면에서 말하는 것이 아니다. 물론 그 부분이 매우 큰 비중을 차지하겠지만 아들이 힘들어하거나 고민이 있을 때 어떠한 방향이 좋을지 논의할 수 있는 든든한 존재가 되고 싶다는 얘기다.

물론 내가 어른이라고 내 말이 무조건 100% 다 맞다는 것은 아니다. 그래도 살아온 세월의 짬과 경륜은 무시할 수 없을 것이니까.

물론 나도 지훈이가 젊은 세대의 입장에서 대변하는 것들, 예를 들면 이 세상의 변화와 같은 것들을 많이 받아들이려고 하는 편이다. 진지하게 경청하고 지훈이가 얘기한 많은 것들을 대체로는 수용하려고 한다. 지훈이 또래의 젊은이들의 고민을 잘 알지도 못하고, 이해도 못 하면 의논 상대가 될 수 없기 때문이다.

살면서 기댈 수 있는 사람, 비빌 언덕이 있다는 것은 아주 큰 보험이자 행복일 것이다. 소도 언덕이 있어야 비빈다. 각박한 세상일수록 비빌 곳이 필요하다.

자녀들이 잘되는 것은 예측하기 힘들다. 자녀들이 성공할 수도 실패할 수도 있다.

그런데 어떤 자녀가 성공하였다고 해서 그것이 모두 부모의 몫이 아니며 어떤 자녀가 엉망이라고 해서 그것이 또한 부모의 탓만이 아니다.

그러나 부모는 그 자리에서, 그 자리를 지키며, 아이가 올 수 있는 곳에 서 있는 존재이다. 그것이 부모가 해줄 수 있는 중요한 일이라고 나는 생각한다. 그 자리에 있는 부모에게 오는 자녀의 모습이 성공한 자녀이든, 엉망인 자녀이든 상관없이 말이다. 그 자리에 부모가 있다는 사실만으로도 안정감을 줄 것이다.

인생 여정에서 인간은 누구나 실패하고 낙담하게 된다.

여러 고난과 역경을 해결하는 과정에서 성장한다. 역경이 너무 크면 지레 포기하고, 역경이 너무 작으면 성장 폭이 작다.

어린아이였을 때 아버지라는 우주가 사라진 내게는 그 어려움이 더 절절하게 다가왔다. 인생에서 맞이한 가장 큰 시련이나 외로움 속에서 나는 굳건한 어깨를 가진 얼굴도 모르는 아버지를 떠올리며 울적해했다.

좋은 일이 가득한 나날에도 나는 당신을 떠올리며 슬펐다. 같이 누리지 못하는 내 생의 기쁨이 좀 미안하면서 일찍 떠난 그를 애도했다.

비빌 언덕이라는 것을 찾기 힘들었던 나는 항상 뭔가를 할 때 최선을 다할 수밖에 없었다. 그것을 후회하는 것은 아니지만 가끔은 힘들다고, 그 품에서 좀 쉬고 다시 시작할게요! 하며 어리광을 부리고 싶을 때 그러지 못한 내가 좀 불쌍하다.

그럼에도 불구하고 나는 그 결핍된 언덕을 다른 곳에서 찾기 위해 무척 노력했다. 또한 내가 그 든든한 언덕이 되기 위해 최선을 다했다.

가끔 주변에서 만나는 사람들을 보면 "성공한 사람들? 노력도 많이 했겠지만 알고 보면 좋은 환경에서 태어났으니 성공할 수 있었던 것 아니겠어?" 이렇게 말하는 사람들이 있다.

물론 경쟁이 치열한 현대사회에서 부와 교육 수준이 세습되는 그 순환의 고리를 끊고 나온다는 게 말처럼 쉬운 일은 아니다. 부유한 집안에서 잘 배운 사람들이 성공할 확률이 사실 다소 높기는 할 것이지만 그게 절대 진리는 아니다.

비빌 언덕도 없었고 쥐뿔 가진 것 없으면서도 행복한 인생을 살고 있는 내가 바로 그 증거이다.

지훈이에게 나는 비빌 언덕이 기꺼이 돼 주려고 노력하지만 아들이 나라는 언덕에서 안주하는 것을 바라지는 않는다. 상처받고 힘들 때 충분히 기댈 수 있는 언덕은 돼주겠지만 부모라는 언덕을 뛰어넘어 더 큰 세상으로 질주하기를 바란다.

완벽한 환경에서 완벽한 로드맵을 가지고 시작하는 사람은 아무도 없다. 언젠가는 자신이 의미 있는 일을 하게 될 위대한 존재가 될 것이라고 되뇌며 최선을 다하는 사람 그리고 지레 포기하는 사람, 두 종류의 사람만 있을 뿐이다.

아버지의 꿈
_ 소통하고 힐링하는 사색의 도량 '심심림'을 꿈꾸며

"지훈아, 네게도 이야기했지만 서강대 최진석 철학과 교수님이 원장으로 봉사하시는 건명원 같은 선도국가 건설을 위한 젊은이들의 힐링 도량을 아버지만의 방식으로 만들고 싶단다.

인생의 어느 시기에 1도만 방향이 바뀌어도 완전히 다른 삶을 살 수 있는데 건명원이 청년들에게 그 역할을 한 것처럼 우리 미래 세대들이 마음껏 즐기면서도 공부를 하고 소통을 하는 공간을 만들어 그들을 세상을 바꾸는 주역으로 만드는 것이 아버지의 소명이고, 꿈이란다.

이미 평창에서 그 꿈의 씨앗들이 뿌려졌고, 작은 싹들이 움트고 있단다.

젊은 네가 기성세대인 아버지가 가지지 못한 방향을 많이 제시해 주면 아버지는 기탄없이 수용하고 적용하도록 노력할게."

6월 26일 15:30 수원역에 도착했다. 짐을 꾸리면서 기차에서 내렸더니 아직도 밝은 대낮의 태양이 추레한 몰골의 두 부자를 비추고 있었다.

내가 힘들까 봐 내 짐까지 짊어지려는 지훈이를 보면서 가슴 한가득 충만한 느

> 김이 차올랐다. 이번 여행이 무사히 끝난 것을 기뻐하면서도 한편으로는 아쉬
> 웠다.
> 언젠가는 한 번 더 다녀올 수 있겠지? 애써 위로하며 걸어가는데 슬쩍 지훈
> 이가 고생했다는 의미로 내 어깨를 두드렸다. 순간 묵직했던 내 어깨가 가벼
> 워졌다. 그 작은 손짓이 말했다. 아버지로서, 한 가정의 가장으로서, 사회 구성
> 원으로서 결코 내 삶은 나쁘지 않았다고….

남자 나이 쉰이 넘어가면서 갱년기도 오고 우울감도 짙어지
는 경향이 있다는데 나는 나이 들어가는 것도 청춘만큼이나 재
미있다.

좌충우돌하느라 정신이 없는 청춘들이 행하는 도전들은 뭔가
재미있고 빛나 보이기 마련이지만 곰곰 생각하면 사실 청춘이어
서 더 추앙을 받는 것이지, 중년 이후의 사람들이 하는 도전들
역시 빛나는 것은 매한가지라고 생각한다.

젊든, 나이가 들었든 "나답게 살자!"라는 모토는 인간이라면
늘 잊지 말아야 한다.

100세 시대, 점점 젊음이 길어지고 있다. 인생의 절반에 해당
하는 50대, 60대조차도 다시 시작하는 세대다. 50, 60대가 젊지
않고 노화가 시작되는 시기라고 받아들여졌던 건 옛말이다.

올해 사회 전반에 가장 큰 영향을 끼친 윤여정 배우가 70대 중
반의 나이에 전성기를 열어젖혔고 오징어 게임의 오영수 배우

역시 80의 나이를 훌쩍 넘겼다.

이제 주변을 둘러봐도 5060 세대는 나이 든 축에도 못 든다. 생기롭게 사는 사람들이 많아졌다.

인생이라는 무대에서 전성기를 구가하며 사회에서 중심축 역할을 톡톡히 해내고 있는 것이다. 성장하는, 아니 성장하려는 열정의 몸가짐과 마음가짐을 가진 사람은 영원히 '청춘'인 셈이다.

신체적·정신적·심리적으로 급변하는 5060 세대들은 몸과 마음이 나약해지고 쇠약해지며 인생의 전환기 앞에서 어떻게 살아야 할지 막막하기도 할 것이다.

그때는 인생의 '새로운 패러다임' 열차에 올라타야 한다.

나에게는 오래된 꿈이 있다. 지훈이가 들으면 이제는 조용히 2막 인생에서 뿌린 씨앗에서 나온 과실들만 잘 거두어 평온히 3막 후반기를 보내라고 잔소리를 할지는 모르겠지만 내겐 열망 같은 꿈이다.

'건명원建明苑'이라는 곳에 대해 들어봤는가?

산책과 명상을 하고, 고전과 도덕경을 읽고 수업을 하는 곳. 철학, 건축, 종교 등 인문학을 통해 '세상에 없던 학교'라는 모토로 젊은이들에게 인문학적이고 통합적인 사고와 공부를 하게 하는 곳이다.

건명원 초대 원장인 최진석 서강대 철학과 교수가 "인생은 1도만 틀어도 180도 바뀐다!"라는 생각으로 참여해 만들었다. 건명원을 만든 주역 중 한 명인 오황택 회장은 세계적 단추회사인 '두양'을 이끈 사업가이다.

그는 1978년 단추회사 두양을 설립해 세계적인 회사로 키워낸 은둔의 사업가이기도 하다. 프라다, 질샌더 등 글로벌 명품 브랜드들도 이 두양의 단추를 쓴다고 한다. 오 회장이 사재 100억 원을 털어 건명원을 세웠다.

내가 세우려고 하는 소통의 공간이자 인간이 자연에게 배워야 하는 도량 역시 건명원과 방향은 같이하면서도 방식이나 결은 다르다. 문화를 배우고 교류하고 소통하는 곳. 놀면서 공부하고 사교를 하는 곳으로 만들고 싶다.

이곳에서 즐기는 사람들의 정보와 데이터들이 모여져 시너지를 내는, 사회 속에서 쓰임을 받는 인적·경제적 자산화를 이룰 수 있는 곳으로 설계하고 싶다.

현재 평창에 토지를 구입하고 전반적으로 마스터플랜과 건축을 구상한 상태이다. 아직은 하드웨어적인 부분을 구축하는 초반 단계이지만 향후에는 방식이나 규모, 이용자들의 타겟팅, 비전과 미션 등 소프트웨어적인 부분도 디테일하게 기획과 실천을 위해 진행하고 있다.

많은 청년들이 이곳에서 인문학적 소양도 수련하면서 우수한 이들은 적극적으로 지원하고 경제, 사회, 정치, 문화, 산업 등 전반적인 것들에 대한 경험을 할 수 있는 공간, 소통의 요람으로 만들고 싶다.

기성세대이자 인생의 선배로서 나의 후진들에게 좋은 힐링의 공간, 살 만한 미래를 물려주고 싶은 것이 내가 새로 꾸기 시작한 꿈이다.

단순히 부유하거나 성공한 삶이 아니라 삶에서 일정 정도의 높이와 깊이를 추구하는 삶을 사는 것을 가르치는 성장의 요람으로 만들고 싶다. 이곳에서 '연결과 융합'의 4차 산업혁명 시대를 잘 준비할 수 있도록 수많은 각계 전문가들을 초빙해서 진일보하는 세상을 만드는 인재들과 소통하는 도량을 만드는 것이다.

그런데 공부나 연구는 추구하지 않을 것이다. 강원도 바다에서 요트 등 해양 스포츠도 하고 승마도 하고 등산도 하면서 레저로 심신 수련을 통해 생각을 확장하는 곳이 될 것이다.

진짜 청춘인 지훈이 세대와 세월이 살갗에 주름을 새기게 했지만 여전히 열망을 버리지 않은 나이 든 청춘인 나의 세대가 결합을 꿈꾸는 그 도량의 이름은 '심심수림'이 될 것이다.

직역하면 자연인 물과 숲이 있는 곳에서 마음과 마음을 연결해주는 곳이라는 뜻이다. 또한 심심할 때 물과 숲에서 힐링하는 것을 통해 생각을 확장하는 곳이라는 중의적인 의미도 갖고 있다.

왜 평창일까? 청정 지역의 상징인 강원도 평창군 봉화 마을에 위치할 '심심수림'은 해발 550m의 고지로, 심산유곡의 명소인 금당계곡 중에서 최고 명당으로 꼽힌다. 풍수지리상으로도 탁월한 곳이다.

마을과도 적당히 떨어져 있어서 민원 발생도 일어나지 않는 곳으로, 대기업 총수들이 탐낼 만한 별장 위치로도 손색없는 곳이다.

'심심림' 프로젝트는 자연 속에서 젊은이들이 마치 고대 신라의 화랑처럼 심신을 수련하면서 이 세상에 선한 영향력을 전파할 인재로 성장하는 도량을 만들겠다는 내 생각에 적극 동의한 4명의 동반자들과 진행하고 있다.

사무엘 울만의 '청춘'이라는 시에 "청춘은 인생의 시기가 아니고 마음가짐"이라는 말이 나온다. 나는 아직도 꿈이 있고, 그 꿈만 생각하면 가슴이 파드득거리고 울렁거린다. 그러니 이런 내가 청춘이 아니라면 무엇일까?

지훈이도 잘 알겠지만 아빠가 특별한 일이 없으면 4시 전후에 기상하여 하루 일과를 준비하는 것을 보면서 아빠는 서울대학에 자기 추천서로 지원하면 합격할 수도 있겠다면서 웃기도 했지. 고로 아빠는 지금도 청춘이라고 말할 수 있어.

아버지!
10년 후 오늘 이 길을 또 함께하겠습니다

아버지의 '버킷리스트'였다는 이번 여행을 한번 실현해 보자는 제의를 받았을 때 살짝 머뭇거린 것은 사실이었다. 솔직히 격의 없이 지내는 아들이라도 다 커서 여러 밤낮을 아버지와 함께 시간을 보낸다는 것이 쉬울 리는 없었다. 쑥스럽기도 했다.

게다가 평소에 운동을 많이 좋아하지 않는 나로서는 동네 자전거 주행도 아니고 빡빡한 일정의 자전거 종주 여행이 다소 부담스럽기도 했다.

그래서 사실은 취업 핑계로 아버지의 제의를 고사하려고 했다. 그러다가 기대에 차서 여행에 대한 이런저런 자료를 조심히 준비하고 계시는 아버지를 보니 말문이 막혔다.

서른이 곧 다가오지만 그래도 젊은 나에 비해 연세가 든 아버지에게 아들과 함께하는 자전거 종주라는 로망을 실현할 기회가 얼마나 더 있을까 하는 생각이 들었다.

개인적으로 거창한 의미를 두지 않은 채 떠났던 이번 여행이었다. 하지만 그 결과는 기대한 것과 다르게 사뭇 컸다. 내 인생에 소중한 시간으로 자리할 줄은 나도, 어쩌면 아버지도 모르셨을 게다.

이번 여행은 아버지라는 한 남자가 살아온 행로의 모든 순간에 깃들었던 희로애락과 다양한 인생 선택에 대해 듣는 소중한 기회였다.

아마도 먼 훗날 이 순간들을 돌이켜보면 얼마나 아름답고 소중하고 뿌듯했는지, 언젠가 지금보다 더 나이 든 아버지를 바라보면서 그가 내게 전하려고 했던 것들이 얼마나 무한한 애정에 기반한 교훈들이었는지 깨닫고 눈물을 흘릴 것만 같았다.

그리고 더 긴 시간이 흘러 내게 지금의 나만 한 아들이 생겨 여행을 제의할 때 아버지의 마음을 다시 되새기면서 울컥할지도 모를 일이다.

여행을 끝내고 흐뭇해하는 아버지를 보면서 조심히 소망했다.

인생의 3막은 이제 시작이니만큼, 여태껏 살아온 2막에서의 좌충우돌은 이제는 그만 겪으시고 당신의 인생도 좀 편해지셨으면 좋겠다. 구불길도 재밌다고 말씀하시지만, 일부러 넘어질 필요는 없지 않냐고 말씀드리고 싶었다.

이제는 치열함을 조금 내려놓고 편안하게 2막에서 뿌린 씨앗들을 거두며 살 수 있는 3막이 되면 좋겠다. 물론 나만의 바람일지도 모른다.

늘 활기차게 매일 새벽 4시면 어김없이 일어나시면서 오늘 일어날 일을 즐겁게 기대하는 아버지. 당신이 삶을 대하는 방식이 변하지 않는 한, 자식으로서의 내 바람이 요원한 일이 될 수도 있다는 불안함도 든다.

이번 여행, 그리고 아버지의 책 출간을 빌려 고마움을 전하고 싶다.

감히 부모님의 사랑을 다 알지도, 전부 되돌려드리지도 못하겠지만 항상 가는 길을 응원해 주시고 지원해 주셔서 정말 감사하다는 말씀을 드리고 싶다.

어릴 때도, 다 컸다고 자부하는 지금도 종종 짜증을 내는 아들이라 죄송하다고…. 살갑게 이야기하고 싶지만 맏이라 그렇게밖에 표현할 줄 몰라서 너무 죄송하다는 말씀도 드린다.

내게는 첫째라는, 장남이라는 이유로 갖고 있는 책임 의식이 있다. 내가 잘 가야 두 여동생이 내가 터놓은 길을 잘 갈 것이라는 강박관념도 있다.

그래서 매사에 예민하기도, 단호하기도 한 편이다. 그리고 가끔 이런 내 성격이 향하는 대상이 부모님이 될 때도 있었다. 나만의 주관을 지킨답시고 부모님의 말씀에 토를 달고 강한 톤으로 표현한 것 때문에 상처를 받으셨다면 정말 죄송하다고 늦지 않게 말씀드리고 싶다.

사회에 나가 중심을 찾아 빨리 자리를 잡도록 노력하겠다. 물론 생각만큼 쉽지는 않을지도 모른다. 아버지가 말씀하신 대로 생의 단계마다 이제는 내가 해야 할 선택들도 많아지고 있고, 그것을 감내하는 강도는 생각보다 버거울 수도 있기 때문이다.

그래도 내 인생의 오르막길과 내리막길마다 아버지와 어머니가, 두 동생이 든든한 정신적 지주로, 동반자로 지지해주셔서 정말 감사드린다는 말을 꼭 하고 싶다.

"아버지, 저도 나름 노력하고 있습니다. 얼른 자리 잡아 효도하겠습니다. 그리고 아버지. 10년 후 이 길을 다시 한번 함께하겠습니다. 그러니 늘 항상 건강하셔야 합니다. 사랑합니다."